ANDRÉ DU FRESNOIS

UNE ANNÉE DE CRITIQUE

LE 3I-CENTENAIRE DE ROUSSEAU
ÉMILE FAGUET — HENRY BIDOU — LÉON BLOY
LA PERVERSITÉ DE M. ANATOLE FRANCE
MONSIEUR BOIS
LE TESTAMENT D'UN INTELLECTUEL
M. RÉMY DE GOURMONT OU LE CLASSIQUE MALGRÉ LUI
J.-J. THARAUD — RENÉ BOYLESVE — ETC.

DORBON-AÎNÉ
19, Boulevard Haussmann, 19
PARIS

UNE ANNÉE DE CRITIQUE

DU MEME AUTEUR

_____

Une étape de la conversion de Huysmans, *d'après des lettres inédites à Mme de C****. Epuisé.

ANDRÉ DU FRESNOIS

UNE ANNÉE DE CRITIQUE

LE BI-CENTENAIRE DE ROUSSEAU
ÉMILE FAGUET — HENRY BIDOU — LÉON BLOY
LA PERVERSITÉ DE M. ANATOLE FRANCE
MONSIEUR BOIS
LE TESTAMENT D'UN INTELLECTUEL
M. RÉMY DE GOURMONT OU LE CLASSIQUE MALGRÉ LUI
J.-J. THARAUD — RENÉ BOYLESVE — ETC.

DORBON-AINÉ
19, Boulevard Haussmann, 19
PARIS

Il a été tiré de cet ouvrage

7 exemplaires numérotés sur papier du Japon.

Les études réunies ici ont paru presque toutes dans Gil Blas *et dans la* Revue critique des Idées et des Livres. *On rejeta les autres pour diverses causes, entre lesquelles une excessive brièveté fut la plus commune. De jeunes écrivains, dont les ouvrages, parfois fort intéressants, parurent en 1912, n'ont pu, par suite, trouver dans ce tableau de l'année littéraire la place à laquelle ils avaient droit. On ne les a point dédaignés; on attend simplement qu'une nouvelle entrevue avec eux favorise une causerie moins hâtive.*

Ce recueil devait s'ouvrir sur une étude relative à la dignité et à l'utilité de la critique. Elle eût été l'écho de discussions soutenues au cours de cette année littéraire, mais le risque parut trop grand d'exposer une doctrine, quand la crainte était si forte de n'avoir pu produire à son service que des exemples chancelants. Puissent du moins ces essais, dont on n'ignore pas la faiblesse, communiquer un pressentiment d'une méthode que l'on croit juste.

A. F.

Destinées royales

Il y a quelques jours mourait, en Grèce, un écrivain dont les œuvres, appréciées dans son pays, seraient, chez nous, insuffisantes sans doute à garder son nom de l'oubli. Mais il avait été, en qualité de lecteur, attaché à la personne d'Elisabeth de Bavière, impératrice d'Autriche. Il sut, à cette occasion, reconnaître la faveur du destin qui l'introduisait dans la familiarité d'une telle âme et, par là, mérita de participer au bénéfice de son prestige. J'ai donc repris le livre où Constantin Christomanos consigna ses souvenirs de la Hofburg, et qui se rencontre aujourd'hui sur ma table avec celui de la princesse de Saxe, (1) que je viens de recevoir. Entre la princesse déchue, possédée de ce besoin de justification qui n'est pas un signe d'innocence mais seulement de médiocrité, et la souveraine que le silence et la soli-

_____

(1) **Mémoires de Louise de Saxe** (*Juven*, éditeur).

tude revêtirent vivante, d'une majesté comparable
à celle de la mort, j'ai cru surprendre un dialogue.
Et tandis que j'écoutais, dans le murmure qui s'élevait des pages feuilletées, le son de deux âmes, il m'a
semblé qu'en dépit des vers de Paul Verlaine, la voix
de l'Orgueil ne s'anéantissait pas avec les autres
devant « la voix terrible de l'Amour ».

Amour misérable, et dont nous ne nous mêlerions
pas, si la princesse de Saxe ne tenait à nous mettre
au fait de l'*Histoire de sa vie*. Mais que penser de
cette archiduchesse qui, durant trois cents pages,
n'exprime pas une idée dont ne soit capable une
petite vendeuse de nos magasins? J'en veux à cette
femme qui nous frustre d'un thème possible de
rêverie. Son livre devant moi, c'est la poussière
tombée sur les mains du petit enfant qui creva sa
belle poupée.

*
* *

Une étrange fatalité pèse sur la maison de
Habsburg. Au fond des palais pompeux et sévères,
forteresses de l'étiquette et de la tradition, dans un
décor où tout incline l'âme à une conception du
monde empreinte de morgue féodale, il arrive qu'un
descendant d'une des plus anciennes races qui soient

se prend à désirer le seul bien où de tous temps ont pu prétendre ceux dont la vie assouvit le moindre désir : l'obscurité. De là cette manie d'effacement qui, dans la famille impériale, causa tant d'exils ou de suicides. Derrière ces brusques départs, quels beaux drames intérieurs, quels déchirements n'est-il pas permis de soupçonner ? Ni Louis de Bavière, ni Jean de Toscane n'écrivirent leur confession avant de disparaître, et les concierges de Paris ignorent leurs aventures. La princesse Louise de Saxe estime sans doute qu'elle doit des comptes aux concierges. Bon gré, mal gré, il faut que l'on sache que si, aujourd'hui, elle échange du papier timbré avec un violoniste, c'est au nom du droit que possède toute femme de « vivre sa vie ! »

Vivre sa vie ! Elle était presque reine. Elle avait un jour entrevu l'impératrice Elisabeth, et eût pu apprendre d'elle comment une âme supérieure fait de la beauté avec de la douleur. Ah ! bien, elle ne songeait guère à cela ! Elle se trouvait dans cet état d'esprit un peu simplet de l'enfant qui se sent plus intelligent que ses parents, et qui retire de cette constatation un orgueil excessif. « Je fus, écrit-elle, comme la seule personne de goûts artistiques ou originaux au sein d'une brave famille bourgeoise. J'oubliai que l'originalité et l'imagination sont les seuls péchés qui ne se pardonnent pas ». Quel dommage que, dans son livre ou dans sa vie, il n'y ait trace d'originalité ni d'imagination ! D'imagination surtout elle manque visiblement quand il s'agit d'expliquer les motifs de sa fuite. Si l'on essaye de donner un nom précis aux souffrances qu'elle endurait à la cour de Saxe, on s'aperçoit qu'il ne saurait être question d'autre chose que de vexations d'amour-propre. Un peu d'adresse, un peu d'hypocrisie, de cette saine hypocrisie indispensable dans le monde et singulièrement dans les cours, et voilà conjurés tous les dangers dont elle se disait menacée.

Elle préféra la fuite, c'est-à-dire la désertion. Elle avait pourtant la certitude d'être bientôt reine de Saxe, en restant la femme d'un mari qu'elle se plait à parer de toutes sortes de qualités, et auquel elle ne reproche que de ne l'avoir pas comprise. La même plainte résonne tout le long des confessions d'Elisabeth, mais avec quel autre accent ! Louise de Saxe croyait à la beauté de la révolte. Elle ne s'estimait pas satisfaite d'être « simplement une princesse ». La tâche lui eût pourtant semblé digne de tous ses efforts, et rude, si elle en avait pu mesurer l'étendue et concevoir la beauté. Mais elle professait une autre esthétique, et une morale qui n'était pas celle de l'acceptation. Puisse son exemple avertir ses pareilles qu'à vouloir « faire notre vie », c'est le plus souvent la vie qui nous « refait ».

***

La beauté, dans l'art ou dans la vie, n'est jamais qu'un élan brisé, l'impuissance de l'âme qui vient butter contre ses propres limites. C'est cet élan que l'on trouve dans les œuvres du plus lyrique de nos poètes, la comtesse de Noailles, ou dans ce prodigieux roman d'Elémir Bourges : *Les oiseaux s'envolent et les fleurs tombent*. C'est dans ce conflit perpétuel entre les vœux de notre cœur et les lois de la destinée que réside toute la grandeur de l'homme. Si ces combats se déroulent dans une âme royale, ils prennent une incomparable puissance tragique. Elisabeth d'Autriche l'avait compris. Comme elle, Louise de Saxe eût pu créer avec sa propre vie un magnifique poème de méditation, d'orgueil et de désespoir. L'auréole de la toute-puissance préserve de la banalité ces mélancolies que connaissent aussi bien, il faut l'avouer, les grands pessimistes et tel adolescent naïf. A celui-ci, quand il sanglote au sein des apparences du bonheur, on offre des remèdes ; mais quel dictame apporter à des demi-dieux qui dès longtemps ont vu choir à leurs pieds tous les fruits mûrs de l'arbre de la vie ? C'est don Juan au cloître, c'est Elisabeth à l'Achilleion. Des êtres d'un tel relief ne le cèdent, ni par la puissance, ni par la qualité de l'émotion qu'ils suggèrent, aux chefs-d'œuvre de l'art.

Mais cette supériorité a son revers. Une héroïne comme Elisabeth cesse de s'appartenir. Elle n'est plus qu'une image dont s'enrichit notre patrimoine spirituel. On ferait trop d'honneur aux hommes en les supposant tous capables de consentir, librement, un tel sacrifice. Ne blâmons pas Louise de Saxe de ne l'avoir pas tenté. Elle n'y a pas songé, ce n'est pas sa faute. Mais son erreur est de croire qu'en rompant avec tous ses liens elle s'est ennoblie à nos yeux. C'est justement le contraire. La vraie noblesse sait conserver une âme libre au milieu de toutes les contraintes. Au moins s'acquerrait-elle quelque titre à notre pitié, à l'infinie pitié que mérite la faiblesse des femmes, si elle se taisait. Mais elle compte bien faire profiter sa condition présente de la curiosité qui s'attachait à l'ancienne. Ce n'est pas Mme Toselli qui signe l'*Histoire de ma vie*, c'est la princesse de Saxe. Elle veut cumuler tous les avantages de son double état-civil : elle n'en cumule à nos yeux que les inconvénients, avec le ridicule d'avoir préféré, au romantisme d'un Byron, celui de Madame Bovary ou des personnages de M. Henry Bataille.

Je crains bien, hélas ! que l'esthétique et la morale de la princesse émancipée ne soient de plus en plus répandues. Malgré toutes les barrières que sa nais-

sance érigeait entre elle et la foule, elle a subi la con-
tagion du siècle. L'aventure de Dresde est éternelle,
mais les explications de la princesse Louise font
écho aux tirades des pièces modernes. Qui donc
aujourd'hui ose encore unir l'idée de beauté à une
conception de l'ordre ? Qui donc prend plaisir à imaginer une société où chaque être bornerait son ambi-
tion à tenir de son mieux le rôle que lui assigna la
nature ? Qu'allais-je parler des inconvénients que
présente la situation de Mme Toselli ? J'avais le tort,
sans doute, de généraliser une opinion personnelle.
Il est fort possible que le public, friand de ses
« Mémoires » qui continuent de paraître, applau-
disse à son évasion. Et je ne me flatte guère d'empêcher les gens de se précipiter vers la baraque où
l'on montre la princesse déclassée et le mouton à
deux têtes.

Il y aura toujours moins de monde, autour du
petit autel où les délicats rendent leur culte à la
mémoire d'Elisabeth d'Autriche. Elle n'aurait pas
écrit de confessions, cette impératrice qui souffrait
d'un regard posé sur elle, toujours prompte à élever
son éventail, comme une arme défensive, entre « les
Barbares » et son âme. Le trésor de sa vie intérieure
serait à jamais perdu, si Constantin Christomanos
n'en avait pieusement recueilli des parcelles. Nous
rouvrirons ce livre, si, par surprise, nous avons par-

couru l'histoire de la vie de la princesse de Saxe. Qui
pensera encore à celle-ci, quand le petit scandale
soulevé par ses différends conjugaux sera apaisé?
Son livre n'offre aucune pâture à ceux qui possèdent
le sens de l'admiration, et qui souffrent dans leur
orgueil d'hommes, chaque fois qu'un être humain
déchoît.

Elisabeth, que Maurice Barrès appelait une
« impératrice de la solitude », restera la compagne
invisible de tous les désespérés qui ont trouvé dans
la sombre beauté du désespoir le dernier lien qui les
rattache à la vie; et de ce bréviaire de mélancolie
qu'est le petit livre de Constantin Christomanos, nous
attendrons toujours, pour répondre aux sollicitations
de notre cœur, des accents dont le pessimisme n'ex-
clut pas une secrète douceur.

Une renaissance du Journalisme

Il ne faudrait point voir dans ce titre la constatation d'un fait, mais plutôt une question, dont les termes, il est vrai, offrent peut-être une discrète nuance d'espoir. Beaucoup de personnes, en effet, éprouvent quelque réconfort à lire dans le *Figaro*, chaque lundi, les articles de M. Alfred Capus. On sait que les pièces de cet auteur comptent parmi les très rares spectacles auxquels un homme, qui n'est pas un dégénéré, et une femme, qui n'est pas une hystérique, peuvent assister aujourd'hui sans grincer des dents. M. Alfred Capus a écrit aussi des romans, et si j'aime les romans de M. Alfred Capus au moins autant que ses comédies, je ne crois pas que ce soit seulement par un effet de ma préférence naturelle pour le livre au détriment du théâtre. Voici à présent M. Alfred Capus chroniqueur ; et je me demande s'il ne convient pas de marquer d'un signet blanc, dans les annales du journalisme, la page où M. Alfred Capus donna son premier « Courrier de Paris ».

Non que les chroniqueurs de notre époque me paraissent avoir beaucoup moins de talent que leurs

devanciers. Je sais bien que c'est là une opinion très
répandue, et que les anciens du « boulevard » la
propagent à l'envi ; mais ils sont orfèvres. Leur affirmation, qui a pris force de dogme, ne traduit qu'un
préjugé. M. Alfred Capus me le disait l'autre jour.
Au reste, pour s'en convaincre, il n'est que de feuil-
leter les vieilles collections de *Figaro*. On s'attend
à découvrir des trésors, et l'on reste étonné devant
une prose vide presque toujours, et souvent parfaitement niaise. Quoi ! ce public parisien de 1860 ou
de 1880, dont on regrette si fort la désagrégation,
c'est à cela qu'il se plut ? Mais s'il y a différence,
elle est toute à l'honneur de notre temps, et si les
lecteurs d'aujourd'hui sont trop nombreux pour constituer un public dont on puisse essayer de préciser
les caractères et de définir les aspirations, du moins
s'intéressent-ils à un plus grand nombre de sujets
que les lecteurs de 1860, et souffrent-ils qu'on leur
tienne un langage moins délibérément frivole. Non,
les chroniqueurs de 1860 n'avaient pas plus d'esprit
que les nôtres. Non, le public d'alors n'était pas plus
intelligent que le nôtre : il avait même moins de bonne
volonté. Mais ce qui manque aujourd'hui c'est, pour
que cette bonne volonté-là ne s'égare point, une
direction.

Voilà toute la question. Ce sont les institutions
qui corrompent les hommes ; ce sont les conditions

acuelles de la presse qui corrompent les journalistes. En écrivant : renaissance du journalisme, je ne songeais pas à insinuer qu'une pléiade de publicistes admirables venait tout soudain d'apparaître, mais qu'une forme de journalisme considérée comme désuète allait peut-être rentrer en faveur : la chronique proprement dite, celle que l'on nomme « parisienne » et que j'appellerai simplement, si vous le voulez bien, française. Elle n'existait plus ; les journaux n'en voulaient plus, les auteurs n'en écrivaient plus. Chacun tenait pour assuré que ce genre littéraire ne pouvait plus vivre dans l'air contemporain. Les directeurs, qui parlent du public à peu près comme la Pythie eût parlé d'Apollon delphique, montaient sur le trépied, et proclamaient, avec de grands éclats, que ce mystérieux public demandait autre chose : des entrailles de taureau, ou des portraits d'assassins. Et le public, docile aux décisions de ses maîtres comme Poil de Carotte aux injonctions de Mme Lepic quand celle-ci décrétait qu'il n'avait point envie d'aller à la chasse, le bon public finissait par croire qu'en effet il avait besoin d'autre chose. Cela aussi, dans le monde du journalisme, passait pour un dogme.

On me dira que chaque jour, en tête de chaque numéro de chaque journal, il y a une chronique. Non pas. Je vois bien cent cinquante ou deux cents lignes

suivies d'une signature, mais l'extrême diversité des
sujets traités, la multiplicité des auteurs et la con-
trariété de leurs opinions, tout cela s'oppose à l'idée
d'unité et de suite qu'implique ce mot: la chronique.
Exception faite pour un très petit nombre de journaux de doctrine, la presse, aujourd'hui, s'efforce de
ressembler à un kaléidoscope. Les plus grandes feuilles d'information se réclament d'une absolue indé-
pendance (sauf pour les questions où se mêlent des
intérêts financiers, bien entendu). Le sujet intéressant traité par un spécialiste: tel apparaît l'idéal; et
cela semblerait, en effet, l'idéal, si l'on n'apercevait
le résultat que produit, sur le système nerveux du
lecteur, ce défilé incessant et trépidant d'images ciné-
matographiques, si l'on oubliait que ce pauvre lecteur n'a ni le temps, ni la force d'examiner, de con-
trôler, de faire un choix, et qu'il absorbe tout, au
hasard. Deux savants, deux sociologues, exposent
successivement sous ses yeux deux théories radicale-
ment opposées ; pensez-vous que cela le gêne ? Nulle-
ment. Afin de ne point offenser un dieu inconnu —
car le citoyen d'une démocratie égalitaire est essentiellement respectueux, de même que le libre penseur est essentiellement dévot (la « foi laïque », dit le
sinistre Buisson) — il adopte l'un après l'autre les
deux systèmes contradictoires. Ainsi se forme ce
chef-d'œuvre d'incohérence qu'est une cervelle mo-

derne; ainsi voyons-nous le public des répétitions générales se pâmer, à deux saisons ou deux jours d'intervalle selon les cas, aussi bien devant le *Lys*, de je
ne sais plus qui, et devant la *Flambée*, ouvrages **dont**
l'un vante le caprice anarchique, tandis que l'autre
prétend célébrer le devoir, et qui n'ont de commun
entre eux que la platitude. Je parlais tantôt de Poil
de Carotte: connaissez-vous un autre livre de Jules
Renard, l'*Ecornifleur?* L'écornifleur n'a pas plus
d'existence personnelle que l'écho; il répète indifféremment toutes les voix, lorsqu'elles ont assez de
force pour venir jusqu'à lui. Un grand journal peut
avoir environ un million de lecteurs : là-dessus,
soyons certains qu'il y a neuf cent quatre-vingt-dix-
neuf mille écornifleurs. Tel est le bénéfice du journalisme éclectique, qui est tout à fait, il convient de le
remarquer, en accord avec les autres institutions révolutionnaires. Qui donc, en effet, prétendrait mettre
des œillères au citoyen libre, et l'empêcher de décider
de tout par ses propres lumières?

* *
*

C'est dans les articles de M. Alfred Capus, et presque uniquement là, que l'on peut trouver la véritable chronique du temps présent. En leur conservant
toujours le même titre: « Courrier de Paris », M.
Alfred Capus a rompu avec un des plus pernicieux

usages du journalisme contemporain, cette sotte manie du titre qui tire l'œil, et du « chapeau », comme on dit dans le langage des salles de rédaction, établi de telle sorte qu'après l'avoir vu on peut sans dommage se dispenser de lire le reste. En outre, M. Alfred Capus n'est point astreint à parler d'un seul sujet en un nombre de lignes fixé d'avance, conditions que l'on considère comme essentielles à la vraie chronique, et qui en sont la négation même. A l'occasion d'un évènement quelconque, M. Alfred Capus écrit les réflexions qui lui viennent, et qui, selon les lois de l'association des idées, en suscitent d'autres ; à chacun de ces évènements il accorde l'importance qu'il mérite ; il en fixe le caractère au moyen d'une anecdote plaisante, ou bien au contraire il s'élève à des considérations plus générales en faisant rentrer le fait qui lui servit de thème initial dans le groupe de faits auquel celui-là se rattachait naturellement. Une telle formule de journalisme vaut ce que vaut celui qui la met en œuvre : l'écrivain retrouve la dignité que l'on ne reconnaissait plus qu'au sujet.

Dès son premier article (1), M. Alfred Capus donna aux honnêtes gens confiance et satisfaction.

_____

(1) *Figaro* du 2 octobre 1911. Les *Courriers de Paris* d'Alfred Capus, viennent d'être réunis en volume (Bernard Grasset, 1912).

Ce fut à l'occasion de la catastrophe du cuirassé *Liberté*. Il dit combien les larmes de M. Delcassé, comme jadis les doléances de M. Thomson, nous paraissaient choquantes, et il montra à quel point ce sentimentalisme théâtral, que partout on étale à présent, est éloigné de la vraie sensibilité, de la vraie pitié. En même temps, il signalait clairement un grand mouvement d'opinion dont les parlementaires ne soupçonnent pas l'importance, ce qui est fort heureux, puisque cela permet d'espérer qu'ils se trouveront un jour noyés sans avoir vu approcher la tempête. Etre réactionnaire, disait M. Alfred Capus, ce n'est pas seulement « une affaire de politique, mais de conduite, d'idées et de goût ».

Etre réactionnaire, c'est ne pas considérer le suffrage universel comme l'origine de tout droit et de toute justice; c'est se méfier des gens qui réclament avec insistance une morale nouvelle et à qui l'ancienne ne suffit plus, car nous apprendrons peut-être bientôt que la *Joconde* a été volée au nom d'une idée morale supérieure. Etre réactionnaire, c'est se refuser à accepter le féminisme intégral et c'est aussi tenir compte des antiques différences que la nature, dans son amour de la diversité, a établies entre les deux sexes. En art et en littérature, être réactionnaire, c'est mépriser tout ce qui est criard...

... Il y a par conséquent à notre époque, ne nous le dissimulons pas, énormément de réactionnaires, et d'après les meilleures observations, il y en aura davantage encore dans

la génération qui nous suit. Les causeries entre jeunes gens
dans un couloir de théâtre ou au cabaret du village, les
entretiens surpris dans la rue, la conversation des dîners,
témoignent de cet état d'esprit. C'est là, dans ces rencon-
tres familières, que l'opinion de demain, celle qui sera una-
nime et impérieuse, s'essaye et prend sa source.

Voici encore des lignes qui prouvent une perspicacité dont je m'enchante ; et quelle simplicité, quelle
netteté dans l'expression :

> Ce qui est bien de l'heure présente, ce n'est pas de tuer,
> de voler ou de trahir, c'est de le faire au nom d'un prin-
> cipe, que ce soit le droit à la vie, le droit au bonheur ou le
> besoin impérieux d'agrandir sa personnalité. Etre dévalisé,
> passe encore, mais l'être au nom des droits sacrés de l'in-
> dividu, c'est un raffinement auquel nous aurons de la peine
> à nous habituer. Voilà l'apport dans nos mœurs de la phi-
> losophie et de la littérature étrangères et surtout des inter-
> prétations que nous en avons faites. Paris et la province
> commencent à être encombrés de surhommes et de nietz-
> schéennes qui n'ont pas la sensation d'avoir vécu leur vie
> sans deux ou trois scandales, quelques escroqueries et un
> certain nombre de violences. Il n'y a rien de moins fran-
> çais que ce type récent...

Mais la suite découvre mieux encore les vices de
notre époque. M. Alfred Capus répondant à M. de
Porto-Riche, qui voyait une immoralité dans le fait
de mettre des fripons à la scène, expliquait que rien,

au contraire, n'était plus conforme à la saine tradition française ; et il ajoutait :

> Il en est de même pour ce que M. de Porto-Riche nomme « les désordres de l'amour ». Le spectacle n'en est pas plus immoral en soi que celui des désordres de la probité. Qui songe à parler de l'immoralité de Phèdre, ou à se préoccuper de la moralité de Néron? C'est que Racine ne donne pas avec ostentation Phèdre comme modèle aux femmes de quarante ans ni Néron comme exemple aux souverains. Il nous décrit seulement leurs passions fatales et leurs erreurs. Ce qui est immoral, ce n'est donc pas de montrer la révolte, c'est de l'appeler la Beauté; ce n'est pas de montrer l'adultère, c'est de l'appeler un Droit; ce n'est pas de montrer le désordre, c'est de l'appeler la Règle. En somme, l'immoralité, l'hypocrisie et la corruption en littérature consistent peut-être simplement à ne pas appeler les choses par leur nom. Et voilà pourquoi nos classiques, si francs et si clairs, sont d'admirables éducateurs. (1)

« L'immoralité consiste à ne pas appeler les choses par leur nom » : n'est-ce pas un rare plaisir de trouver ainsi, exprimé si tranquillement, ce que nous pensions tous? Ne pas appeler les choses par leur nom, tel est en effet le grand mal contemporain : comment faire comprendre cela aux gens qui parlent, si vainement, de la « crise du français », et qui ne veulent point avouer qu'elle n'est que le symptôme d'une

_____

(1) *Figaro* du 23 octobre.

crise de la France? Combien de remarques fines ou
profondes ne devons-nous point encore à M. Alfred
Capus? Il sait bien que si la notion de l'honneur —
national, militaire, professionnel — subit aujourd'hui
de si rudes assauts cela vient de ce que les hommes d'aujourd'hui ont oublié tant de vieux principes
et entrent dans la vie comme des joueurs dans un tri-
pot. Considérez cette psychologie du joueur:

Il y a une seconde où tous les joueurs, malgré les différences de sexe, d'âge, de condition sociale, éprouvent exactement la même émotion: c'est le moment où la volonté ne
peut plus rien sur la destinée d'une partie, d'un coup, d'une
phase du jeu, et où le résultat ne dépend plus que de cette
force sans mesure que nous appelons le hasard et que —
étrange anomalie — nous ne connaissons que par ses mystères.

Et quand arrive l'instant soudain où un de ces mystères
se célèbre, qu'il s'agisse d'une carte qu'on retourne ou
d'une bille qui s'arrête, le joueur se sent enveloppé d'une
atmosphère spéciale, atmosphère de fièvre et d'apparitions.
Sa perception des choses extérieures devient différente, sa
conscience se déforme; ce n'est plus un homme normal,
c'est un sujet dominé par un magnétiseur.

On comprend que des êtres humains soumis à ce régime
perdent vite toute sociabilité profonde, toute notion du
vrai et du faux, du bien et du mal. Ainsi le joueur-type,
celui qui ne cherche pas dans le jeu une simple distraction,
mais un contact spécial de ses nerfs avec le hasard, celui-
là est un individu hors cadre, qui s'est fait lui-même sa

règle et sa morale et qui se tient quitte envers la société dès qu'il les observe. Lui permettre d'appliquer les lois générales d'un pays et de faire respecter les contrats usuels semble le comble de l'aberration. (1)

Avec non moins de finesse et de verve, de mesure et de saine philosophie, M. Alfred Capus, dans les autres « courriers de Paris » qu'il a écrits durant les quatre derniers mois, nous parle du snobisme et de l'esbroufe, à propos de M. Raoul Gunsbourg ; de la comédie politique qui se joue à la Chambre, et du dégoût que tout homme normal égaré là en éprouve ; de la condition de l'homme de lettres, et de la belle duperie que constitue la liberté de tout dire, dans un état où il n'y a plus un «tyran » mais deux mille tyranneaux dont la susceptibilité croit en raison inverse de leur force ; du danger des prix littéraires ; de la nécessité de la critique ; de la grève des danseuses ; des droits politiques pour la femme, etc. Citons encore quelques lignes, pour que l'on sache bien que, si M. Alfred Capus s'occupe souvent de questions assez graves, il le fait toujours avec bonne humeur, avec esprit, et que ses articles n'ont rien de morose :

Il s'est introduit, en ces dernières années, de telles façons dans la politique étrangère, que je me demande si les femmes n'y seraient pas aptes merveilleusement. Qui, mieux

_____

(1) *Figaro* du 16 octobre.

qu'elles, causerait de choses et d'autres pendant de longs mois, sans rien dire d'essentiel? Qui discuterait mieux de la vie et de la mort de plusieurs centaines de milliers d'hommes avec la sérénité indispensable à notre époque? Et nous aurions peut-être encore cet avantage que les traités qu'elles feraient entre elles ne resteraient pas long-temps secrets. (1)

Et ce portrait de la République :

Elle a bien changé, la République! Elle est devenue moins séduisante, moins alerte. Elle a perdu la grâce de l'adolescence; son allure s'est alourdie. Et puis, elle s'est tellement transformée, elle a pris successivement tant de costumes divers qu'on ne la reconnaît plus. Elle a d'abord été habillée en guerrière et tout le monde l'admirait pour sa belle tenue sous les armes; puis elle a mis des vêtements bourgeois qui ne lui allaient pas trop mal; puis elle a re-vêtu la robe populaire, et elle s'est montrée à la foule. Aujourd'hui, son vêtement est fait de pièces et de mor-ceaux; il n'est plus ni populaire, ni bourgeois, ni guerrier. Il est hétéroclite et disparate, et elle le porte avec une gêne visible. Elle a un peu l'air d'une femme dépeignée qui court les rues en titubant. (2)

Le ton, on le voit, est toujours assez modéré. Je sais des gens qui font reproche à M. Alfred Capus de cette modération. Ils veulent que l'on porte une

(1) *Figaro* du 15 janvier 1912.
(2) *Figaro* du 30 octobre 1911.

flamme plus vive sous les murs de la citadelle pourrie, afin de la détruire plus vite. Peut-être ont-ils
tort.

Si les divagations éloquentes de Rousseau trouvèrent du crédit et obtinrent un succès si rapide, c'est
que la littérature du XVIII° siècle péchait souvent par
excès de sécheresse. Le cœur n'y trouvait pas de quoi
se satisfaire : après cette longue disette, on accepta
pêle-mêle tous les aliments. Nous assistons sans
doute à un retour analogue, quoique dirigé dans un
sens opposé. Nous sommes las des déclamations. On
a pris l'habitude de parler si fort, que toutes les invectives paraissent inoffensives. On a fait des mots
un usage si déréglé que leur force s'est perdue et
leur relief émoussé. Une critique adroite, une satire
cruelle au fond, mais enveloppée dans un sourire,
auront peut-être plus d'effet que le pamphlet le plus
violent. On a tout dit, à peu près, contre la laideur
et la malfaisance du régime ; néanmoins, la vessie
gonflée garde sa rondeur, et par son élasticité résiste
à tous les chocs. Qu'importe, après tout, si chacun
n'emploie pas contre elle les mêmes armes : coups de
trique ou piqûres d'épingle, l'essentiel, n'est-ce pas ?
c'est qu'elle crève.

.•.

Le succès qu'obtiennent les chroniques de M. Alfred Capus montre bien que le public n'est pas tout

entier aussi bête et aussi corrompu que la lecture de
grands quotidiens le pourrait laisser croire. Du moins
sommes-nous assurés maintenant qu'un bon nombre
de Français, que tout conspire par ailleurs à désorien-
ter, se plaisent à écouter chaque semaine les propos
d'un auteur avec qui ils se sentent en communion
d'idées et de sentiments. Cette chronique qui revient
régulièrement, c'est une mise au point méthodique de
tout le spectacle contemporain. Seule conception rai-
sonnable du journalisme. Au lieu d'augmenter l'inquiétude des esprits, elle crée de l'ordre et de la paix.
Je feuilletais récemment quelques numéros du *Journal des Débats* parus vers 1855, et que je me trouve
posséder parce qu'à cette époque un de mes parents
y collaborait. Il rédigeait et signait le « courrier de
Paris » alternativement avec Prévost-Paradol, quinze
jours l'un, quinze jours l'autre. C'était là, il me semble, le type parfait du journal. Les lecteurs connais-
saient les idées des deux écrivains ; on pouvait en chaque occasion faire le départ des opinions personnelles de l'auteur, et voir clair dans les faits auxquels
il s'attachait. Si l'exemple de la chronique de M. Alfred Capus portait ses fruits, nous reviendrions peut-
être à cette vieille formule du journalisme. Cette
chronique elle-même représente déjà un pas dans
cette voie. Il n'était pas inutile de le signaler.

Henri Franck

L'adolescence est le temps de nos plus nobles ardeurs spirituelles. Choc pathétique entre une neuve intelligence et les antiques doctrines qui furent, à travers les siècles, l'aliment du cerveau des hommes! Il nous semble que le monde manquera pour nous de saveur, tant que de certains problèmes nous n'aurons pas trouvé la solution. Une invisible main nous retient et nous empêche de nous mêler au chœur universel. Quoi! Prétendriez-vous que je vive avant de connaître la loi et le but de la vie? C'est un tel appétit de certitude qui pousse les enfants intelligents à chercher dans les livres des notions que l'expérience ne leur a pas fournis, car les expériences, ils ne veulent les entreprendre que dans les conditions les plus favorables. La plupart d'entre eux n'ont pas encore baisé la joue de leur cousine que déjà ils ont formé pour leur usage une conception de l'amour, selon Stendhal.

Contre l'opinion courante, c'est l'homme qui est frivole, c'est l'enfant qui est grave. A quinze ans,

presque tous les collégiens, les brutes à part, tiennent
pour importantes, pour *vitales,* les spéculations philosophiques. On dirait que nous risquons tout notre
avenir sur une carte, sur le dernier argument d'un
partisan du libre arbitre ou d'un déterministe, et il
s'en faut de peu que nous ne prenions position dans
la querelle des universaux. Le jour où je franchis
pour la première fois le seuil de la classe de philosophie, j'éprouvai quelque étonnement à considérer le
maître. Il ne portait ni les draperies antiques, ni le
chapeau de l'astrologue, ni même la robe d'un lettré
chinois. C'était ce petit homme propret et un peu
ridicule qui m'allait introduire à la métaphysique !
A son gré, dans ma conscience, j'allais porter un dieu
vivant ou mort ; et, détenant une telle puissance, il
n'en paraissait pas accablé ; il allait et venait comme
quiconque ; il se promenait le dimanche avec son
épouse ; il lisait un journal progressiste !

Les collégiens, devenus hommes, oublient ces éton-
nements de leur enfance, et leurs angoisses métaphysiques, car il en va de la vie intellectuelle comme de
la vie sentimentale, c'est l'oubli qui nous tire des im-
passes. Chez quelques êtres pourtant la flamme ne
s'est pas éteinte. Ils refusent de se bander les yeux.
Ils ne veulent pas étouffer l'appel pressant de leur
conscience. Conserver en soi ce feu de la jeunesse,
accorder aux conflits qui se déroulent dans l'esprit

le même intérêt dramatique que nos auteurs recon-
naissent seulement aux conflits sentimentaux, et,
selon l'exemple de Nietzche, faire à toute heure de
l'exercice de l'intelligence, une *passion,* — tel fut le
secret d'Henri Franck, et l'essentiel de son évangile.
Des dieux obscurs en conçurent-ils de la jalousie?
Pour que ce secret ne fût pas plus longtemps révélé,
ils l'ont écrasé sous la pierre d'un tombeau.

.*.

Je me rappelle la première soirée où je rencontrai
Henri Franck, qui vient de mourir, à peine âgé de
vingt-cinq ans. Nous quittâmes ensemble nos hôtes,
et notre sympathie s'établit comme s'établissent d'ordinaire toutes les amitiés entre jeunes gens, par une
conversation où nous parlâmes de nos admirations
communes. Henri Franck était, si je me souviens
bien, quelque peu parent de M. Bergson. Nous échan-
geâmes des réflexions sur ce philosophe. Franck avait
aussi subi l'influence d'un autre maître, Rauh, qui
m'était insupportable ; mais en littérature, presque
tous nos goûts nous rapprochaient. Il adorait Barrès, sur qui il devait écrire, quelques mois plus tard,
quelques pages de la plus cuisante ironie — l'ironie
que l'on n'emploie qu'envers ceux que l'on aime,

comme fit Barrès envers Renan. Et je n'ai pas oublié
le son de sa voix quand, le long de la grille du Parc
Monceau, il me récitait les admirables vers de la comtesse de Noailles:

> J'écris pour que le jour où je ne serai plus
> On sache comme l'air et le plaisir m'ont plu
> Et que mon livre porte à la foule future
> Comme j'aimais la vie et l'heureuse nature;
>
> Et qu'un jeune homme alors, lisant ce que j'écris,
> Sentant par moi son cœur ému, troublé, surpris,
> Ayant tout oublié des compagnes réelles,
> M'accueille dans son âme et me préfère à elles.

En 1909, M. Jean Royère, qui dirigeait la *Phalange*, me demanda si je connaissais un jeune écrivain capable de rendre compte du mouvement philosophique aux lecteurs de cette revue. Je lui désignai
Henri Franck et dans quelques numéros, celui-ci
publia des notes extrêmement fines sur les sujets de
psychologie ou de méthodologie les plus propres à
intéresser de jeunes esprits curieux et un peu in-
quiets.

L'inquiétude, il me souvient que, dès ses premiers
mots, Henri Franck m'en avait parlé comme du signe
infaillible de la noblesse spirituelle. C'est pour l'inquiétude qui tremble tout le long de l'œuvre d'André
Gide, et pour la *passion* un peu maladive de la vie,
qu'elle exprime, que Franck aimait tant cet écrivain.

Dans la préface qu'elle a écrite pour le livre posthume d'Henri Franck (1), Mme de Noailles a parlé
avec une sympathie merveilleusement lucide, de
cette **exaltation volontaire** qu'apportait devant tous
les spectacles du monde notre pauvre ami, si intelligent, si charmant. Lui-même avait essayé d'expliquer en un grand poème la démarche de son esprit.
Cette *Danse devant l'Arche,* qui d'ailleurs n'est pas
achevée, offre tous les défauts que l'on pouvait pré-
voir.

L'adolescent s'enorgueillit de participer à une tradition vénérable :

> Je suis fier d'être admis à vos cérémonies
> O Dieu du peuple élu, ô mon maître, ô mon roi;
> Je suis heureux que mon enfance soit nourrie
> Dans votre temple saint, de votre sainte loi.

Mais le temple n'est plus desservi que par des
hypocrites, et ceux qui le hantent ne savent pas ce
qu'ils y viennent chercher. Le jeune homme, inquiet,
s'en ira donc chercher sa vérité. Le beau départ !

> Je ne sais plus marcher, je bondis sur les routes,
> Je suis la flamme agile et l'alerte danseur,
> Et rien n'est plus léger ni plus chaud que mon cœur.
> Je prendrai tout: je suis sans scrupule et sans doute;

---

(1) *La Danse devant l'Arche* (Nouvelle Revue Française).

Vous, soleil, allumez la clarté de mes dents
Et mon sang le plus beau dans mes veines heureuses.
L'univers est baigné dans une eau merveilleuse;
Les buissons du chemin sont des buissons ardents.

> Tournoiement de la belle ronde;
> Pour faire autour de moi la ronde
> Les choses se donnent la main;
> Je règne sur tous les chemins,
> Tout est à moi et tout me rit.
> J'ai de la joie pour mes amis,
> Pour mes élans de la jeunesse,
> Pour ma ferveur de la pensée,
> Pour les combats de l'allégresse
> Et j'ai des cailloux pour ma fronde.
> Je marche sur la route aisée,
> Dans la clarté du ciel serein,
> Et plein d'adresse et de courage,
> Mon esprit est un tambourin
> Sous les doigts légers du voyage.

Tout le poème n'a pas cet accent: il en est même loin. Henri Franck était très jeune. Il avait subi des influences, et c'est à de mauvaises influences qu'il dut d'adopter trop souvent un vers dérimé. Sa poésie en prend l'aspect d'une traduction rythmée, et ce défaut formel s'ajoute aux défauts inséparables du genre où il s'essayait. Depuis Baudelaire surtout, nous demandons à la poésie de ne fixer que de fugitives minutes, les moments où par l'intuition nous communions avec la vie, où nous participons au divin. Dès lors, il est périlleux de narrer en vers un roman, fût-ce le roman d'une âme. Le prosaïsme devient inévitable. *Dormitat Homerus*...

Je n'ai pas dit la conclusion du poème. Rien n'a répondu à l'attente anxieuse du jeune lévite. Tout objet se révéla inégal à sa ferveur : c'est donc cette ferveur elle-même qui est la seule vérité, c'est sa ferveur qui est Dieu.

> La vérité, c'est l'enthousiasme sans espoir
> La ferveur que rien n'asservit...

Cette sagesse (une sagesse très barbare, sous une apparence raffinée) chez Henri Franck n'était pas seulement verbale. Elle animait tous ses actes et le soutint jusqu'à son dernier jour. On en retrouve les thèmes dans les trop rares études, bien supérieures à ses vers, qu'il publia dans la *Phalange* ou dans la *Nouvelle Revue Française* (ses pages sur Barrès sont extraordinaires). Henri Franck, cela n'est pas douteux, eût été l'un de nos meilleurs critiques, par sa profonde culture, sa curiosité universelle, son enthousiasme perspicace. Assurément les tendances de sa pensée me paraissaient fort dangereuses. Nous n'étions presque jamais d'accord. Mais serions-nous dignes de vivre pour la pensée et pour la beauté, si nous ne nous félicitions pas de rencontrer, dans nos débats, des adversaires redoutables, mais nobles, et si nous ne les pleurions pas quand ils disparaissent ?

Émile Faguet

Le bi-centenaire de Jean-Jacques Rousseau échéant cette année, M. Emile Faguet tira de la veine inépuisable qu'il creuse sans trève ni fatigue, trois ouvrages sur le citoyen de Genève. Deux autres sont annoncés, peut-être même ont-ils paru. En ce cas, je me repentirais doublement d'avoir tardé à parler des *Amies de Jean-Jacques Rousseau*, et mon affliction ne trouverait de tempérament que dans la pensée de l'impossibilité où seront les personnes les moins indulgentes, de me tenir rigueur, si j'ai mis, à écrire un article, plus de temps qu'il n'en faut à M. Emile Faguet pour composer un livre. L'heureuse fécondité de cet écrivain est, en effet, proverbiale. Chez d'aucuns, le dicton devient même brocart, sans que les motifs de cette ironie me paraissent décisifs. Au cours de ces dernières années, les gens de lettres parurent considérer successivement que leur fonction était de s'enivrer de mauvais alcool, de la fumée des pipes, de propos plus fumeux encore que celles-ci, en des tavernes de la rive gauche, ou bien de thé et de beauté également refroidis, dans les salons de la rive droite. Tandis que, victimes de leurs erreurs, ils passaient ainsi les ponts, M. Emile Faguet demeurait dans son poêle, fidèle à une tradition qu'il est permis de ne pas juger absurde, et qui veut que le rôle d'un écrivain soit d'abord d'écrire. Il transmuait méthodiquement en caractères d'imprimerie les idées, les sentiments de son époque, et les mouvements de la vie qui se perpétuait de l'autre côté de ses fenêtres. M. Emile Faguet est bâti pour faire des livres comme certaines femmes sont bâties pour faire des enfants. D'autre part, j'ai l'âme trop encline au respect pour sourire si, comme quelques-uns l'insinuent, il faut voir, dans ce labeur obstiné, « la conséquence d'un vœu ».

Il n'est point tout à fait exact, au reste, de dire que M. Emile Faguet ait écrit beaucoup de livres. A y regarder de près, je me demande même s'il en a écrit un seul. C'est lui faire tort involontairement, et exposer ses lecteurs à une déception, que de leur donner pour des livres les ouvrages de M. Emile Faguet, qui n'a jamais fait que des cours. Imaginez toujours, en le lisant, que vous l'écoutez, que vous assistez à une conférence, et certains petits défauts, et diverses petites manies dont vous eussiez pu être choqué, vous paraîtront tout naturels ou même ne vous frapperont plus. Voilà les conditions où il faut se placer si l'on veut retirer plaisir et profit des ouvrages de

M. Emile Faguet. N'attendez pas de lui cette délectation que procure la vue d'une œuvre bien « finie », le spectacle du merveilleux équilibre de la perfection ; car l'ouvrier ne vous a point convié à un spectacle, mais en quelque sorte à une collaboration. Voyez-le qui reprend le marteau, et frappe sur l'enclume, et souffle, et s'époumonne, et sue, et puis pousse un soupir de soulagement : la phrase est terminée. Si vous n'êtes pas resté indifférent à cet effort, si vous y avez participé, vous ressentirez au bout du compte un peu de la satisfaction du devoir accompli, qui éclate chez l'éminent professeur.

Oui, M. Emile Faguet n'a jamais fait que des cours. Il semble qu'au moment où il se met à l'ouvrage, il ait devant lui des notes, et qu'il improvise son discours. Il lui faut donc tout ensemble s'occuper de définir sa pensée à ses propres yeux, et de la rendre claire aux yeux de ceux qui suivent sa leçon. De là tant d'incidentes qui s'entrecroisent et s'enchevêtrent dans son style ; de là tant de mots explétifs, de « et c'est-à-dire » et de « tant est que... » Ce sont les artifices du chanteur qui reprend haleine et ne veut pas que l'on s'en aperçoive. Lorsque M. Jean Jaurès, les bras levés, semble exécuter des tractions sur l'invisible trapèze suspendu au ciel de ses rêves, et qu'il répète deux ou trois fois : « Je vous disais donc, Messieurs... » — chacun, dans l'assemblée, comprend que c'est tout justement l'instant où le grand orateur socialiste ne se rappelle plus ce qu'il disait. Tous les gens qui parlent ou écrivent d'abondance en sont là.

En outre, la nature même des sujets où M. Emile Faguet applique son esprit commandait dans une certaine mesure son style, avec toutes ses lourdeurs et tous ses embarras que l'écrivain ne cherche guère à éviter. Je crois fermement, en effet, qu'en littérature, toute distinction entre le fond et la forme, entre la pensée et le style, est vaine et même inintelligible. Quand un écrivain a une personnalité, il a aussi un style étroitement déterminé par elle. M. Emile Faguet, par ce qu'il a de meilleur en lui, nous apparaît comme un moraliste, un esprit curieux d'humanité et d'humanité délicate, compliquée. Or, il est rare qu'un moraliste écrive en phrases courtes. A chaque pas, dans le labyrinthe qu'il explore, l'analyste aperçoit des galeries qui débouchent sur son chemin, et dont il lui faut noter l'emplacement et la direction pour rapporter une image exacte des lieux parcourus. La carte qu'il tracera ainsi ne comportera que des lignes infiniment ramifiées, semblables à ces figures du système nerveux que l'on voit dans les ouvrages d'anatomie. M. Emile Faguet s'attache à n'omet-

tre aucune de ces ramifications; c'est pourquoi certains paragraphes de ses livres font songer à ces personnes trop poussées dont on dit qu'elles n'en finis-
sent plus. Il suffirait souvent à M. Emile Faguet de
quelques artifices de ponctuation pour donner un autre air à son style, mais j'estime qu'il a raison de les
dédaigner. Moraliste, il a un style de moraliste, et
qui peut se réclamer d'une très riche tradition française. Lisez, dans le volume que vient de publier M.
Emile Faguet, les lettres qu'il cite des amies de Rousseau; elles étaient, ces grandes dames, d'excellents
psychologues, comme presque toutes les femmes de
l'ancien régime, et prodigieusement habiles à démêler
les choses du cœur et à en parler; eh bien! la plupart
écrivent des phrases très longues et très chargées,
car il s'agit d'exprimer bien des nuances. Est-ce à
dire qu'elles écrivent mal? Pas plus que n'écrivent
mal Balzac, ou Stendhal, ou M. Emile Faguet, qui
expriment clairement ce qu'ils veulent dire. Tout au
plus est-il permis de juger que leur style manque de
quelques-unes de ces grâces auxquelles nous avons
accoutumé d'attacher peut-être trop de prix. Mais il
faut une heureuse rencontre de circonstances pour
qu'un moraliste « écrive bien » au sens que nous
donnons à ces deux mots; il faut un équilibre très
rare entre deux facultés très différentes; il faut que

le génie psychologique se double de génie pittoresque, comme chez La Bruyère, ou de génie musical,
comme chez Rousseau. Je ne crois pas faire injure
à M. Emile Faguet en déclarant que je ne le tiens
ni pour un grand peintre, ni pour un grand musicien :
il possède d'autres qualités que je tâcherai d'indiquer,
après avoir noté toutefois que si l'on peut justifier le
style de M. Emile Faguet, à vrai dire on peut convenir aussi que cet écrivain semble parfois s'être plu
à en accentuer les bizarreries. D'une habitude, il a
fait un tic ; et cela aussi est tout à fait dans les coutumes universitaires : il y a très peu de professeurs
qui n'aient leur tic. M. Emile Faguet met quelque
coquetterie, je pense, à encombrer des phrases naturellement compliquées. On trouve chez lui un peu de
la satisfaction d'un virtuose rompu aux difficultés
de la syntaxe, qui jouit de l'inquiétude où sont les
lecteurs de lui voir soudain faire une faute, et qui
sait bien qu'en fin de compte il retombera sur ses
jambes. Pardonnons-lui ce travers innocent, et gar-
dons-nous de ressembler à ces mauvais écoliers qui
raillent la manie de leur maître.

Il est une autre manie à laquelle les universitaires,
et je parle des plus distingués, échappent rarement.
C'est celle qui les pousse à « renouveler les sujets ».
Le jour où un professeur s'avisa de découvrir le ro-

mantisme des classiques, il dut faire envie à beaucoup de ses collègues, car il avait réalisé un modèle
du genre. Quand un normalien parviendra à établir,
au moyen de citations incontestables, que Montaigne
fut le type même de l'esprit religieux, on criera au
génie. Je n'assurerai pas que M. Emile Faguet n'ait
point cédé quelquefois à ce penchant, à ce désir de
fausse originalité, mais ces erreurs étaient chez lui
momentanées ; on n'en trouverait pas trace dans les
ouvrages où il traite de sujets qui lui sont familiers,
comme c'est le cas pour les *Amies de Rousseau*.

La psychologie de Rousseau semble bien définitivement établie. M. Emile Faguet, qui n'est pas sans
tendresse, je suppose, pour le citoyen de Genève, n'a
pas cru pour cela devoir déformer l'image que d'autres avant lui ont tracée ; il s'est borné à l'enrichir
de quelques traits. A propos de Mme d'Houdetot, en
particulier, il nous explique, avec la plus grande
finesse et la plus grande habileté, les caractères de
l'amour selon Jean-Jacques. Ils valent qu'on s'y arrête quelque connus qu'ils soient. Savoir que le plus
grand plaisir dont Rousseau fût susceptible, il l'é-
prouvait lorsque la femme aimée lui faisait la description des voluptés qu'elle goûtait dans les bras
d'un autre, cela est très intéressant et très utile pour
l'intelligence, par exemple, de la *Julie*.

M. Emile Faguet ne pense pas que les amours de
Jean-Jacques et de Mme d'Houtetot aient eu de retentissement dans le roman de la *Nouvelle Héloïse,*
ce que croyait, s'il me souvient bien, M. Jules Lemaître. Si la seconde partie de ce livre, au reste, prouve
quelque chose, c'est justement que Rousseau était
incapable, physiquement et psychologiquement, d'ê-
tre amoureux. Il avait simplement le goût de l'ex-
citation sentimentale, et peut-être sensuelle, en même
temps que de grands besoins momentanés d'épanche-
ment et de tendresse, qui s'accordaient le mieux du
monde avec l'égoïsme, mais qui pouvaient faire illusion à des femmes, même perspicaces. M. Emile Faguet nous montre très bien d'ailleurs, pourquoi Rousseau fut aimé de tant de femmes, des aristocrates
toujours, et très belles, ou très spirituelles, ou très
bonnes, et parfois le tout ensemble. Il prend soin de
remarquer cependant que ces amours ne se multipliè-
rent ainsi qu'après que la célébrité de l'écrivain fut
déjà établie, et nous nous demandons si Rousseau,
homme obscur, eût rencontré tant de passions sur
son chemin. Non, sans doute. Ce n'était donc pas
« un amant », et la courtisane vénitienne lui avait
donné un bon conseil.

Il me semble que le livre de M. Emile Faguet apporte, chemin faisant, de précieux éclaircissements

sur certaines parties de la vie de Rousseau. (Voyez,
par exemple, quelques observations sur le rôle de
Mlle Le Vasseur.) M. Emile Faguet connaît bien son
homme, et moitié intuition, moitié raisonnement, il
arrive souvent à retrouver la logique de ses sentiments ou de ses actes. Je vous le disais. M. Emile
Faguet possède toutes les qualités d'un moraliste.
Je ne l'aime pas beaucoup quand il parle des poètes,
de Baudelaire, par exemple, dont je crains qu'il n'ait
pas assez subi l'émotion. Mais c'est sûrement un des
hommes les plus intelligents d'aujourd'hui, je veux
dire un de ceux qui ont gardé le goût et le sens des
choses de l'esprit.

Julie ou la Nouvelle Héloïse

A relire *Julie ou la Nouvelle Héloïse*, l'on soupçonne, il me semble, que le vrai Rousseau était beaucoup moins absurde, moins déséquilibré et moins
prompt à verser dans l'erreur ; plus modéré, plus
perspicace, plus enclin à de profitables retours sur
soi-même, que le personnage qu'il s'est créé, et qu'il
a offert en spectacle à ses contemporains ainsi qu'à
la postérité. C'est que le dépit, né de la vanité blessée,
eut sans doute une grande part dans la formation
de ce personnage. Rousseau, pour justifier certaines
de ses idées, se vit forcé de les exagérer, et comme
sa vie était fort entravée par les convictions qu'il
exposait en tous lieux, il se trouva l'esclave de théories extravagantes. S'il en souffrit, du moins ne nous
a-t-il pas dit, pas même dans ces *Confessions* où il
croit tout dire, qu'il distinguait la cause de son mal.
C'eût été l'aveu, en effet, d'une grande puérilité dans
le caractère. Tous les malades sont un peu des en-

(1) A propos du Bi-centenaire de J.-J. Rousseau.

fants ; Rousseau était un malade. On se demande
parfois si sa misanthropie, sa longue contrainte et sa
peur de la société ne seraient pas l'effet d'un engage-
ment imprudent prononcé sous le coup d'une humiliation trop forte ? Il me souvient d'un petit garçon
qui, tancé devant ses camarades pour je ne sais quelle
faute, prit un immense dégoût de leur compagnie et,
dans la pièce où on l'avait mis en pénitence, savou-
rant à la fois l'espoir de la vengeance et l'amère volupté d'un complet abandon, s'enfuyait en rêve de la
maison paternelle, s'engageait en qualité de mousse,
comme un personnage de Mayne-Reid, et défrichait
une île déserte, comme le héros de Daniel de Foë...
Jean-Jacques, n'est-ce pas un peu l'homme qui aurait réalisé le rêve de ce petit garçon ?

Mais le bon sens ne lui était pas aussi étranger
qu'on l'a dit. L'impression que j'ai tirée de la *Nouvelle Héloïse*, et que je traduisais en commençant,
provient de ceci qu'il n'y a guère, dans ce livre, une
opinion fausse dont la contraire ne soit exprimée en
quelque autre endroit. Si Saint-Preux le plus souvent divague, Rousseau a parfois placé sous la plume
de la tendre Julie ou de la malicieuse Claire des propos fort raisonnables. En un mot, dans ce roman,
Rousseau se contredit ; il est encore humain. Dans
d'autres livres, il tâchera de rester conséquent à lui-

même, et l'on sait qu'il existe une certaine façon de délirer qui consiste à fourrer la logique où elle n'a que faire.

Que la *Nouvelle Héloïse* n'était pas une œuvre destinée, au moins dans le premier instant où elle fut conçue, à illustrer certaines des grandes idées du Genevois, c'est ce que l'on ne saurait plus contester, après les études de M. Jules Lemaître. Saint-Preux, c'est Rousseau, tel qu'il eût voulu paraître ; Julie, c'est Mme d'Houdetot, un peu transformée selon les souhaits du philosophe. Et la passion du nouvel Abélard et de la nouvelle Héloïse, c'est l'amour que Jean-Jacques rêva toujours, et que jamais il ne put éprouver ni inspirer. Que vaut cette description de la passion par un homme qui ne la connut point ? M. Jules Lemaître la juge froide et ennuyeuse. C'est la tête et non le cœur qui s'y révèle, dit-il. Froide et ennuyeuse, certes ; mais bien plutôt, il me semble, par défaut d'art que par défaut de vérité. Et je ne pense pas sur ce point comme M. Jules Lemaître, qui considère les deux premières parties du roman comme les plus fastidieuses. Les grandes lois de la passion y sont notées de façon fort exacte, et souvent avec beaucoup de finesse. Vous trouverez là presque toutes les observations dont presque tous les romanciers, par la suite, ont nourri leurs ouvrages. Mais il est bien vrai que la forme même du livre détruisait à la fois la vraisemblance et l'émotion. Est-il naturel que deux jeunes gens amoureux s'avisent de consigner dans leurs lettres les axiomes principaux de la psychologie des passions? Est-il naturel qu'une jeune fille de dix-huit ans dispute, d'un air fort averti, sur l'amour du cœur et sur l'amour des sens? Ils peuvent nous dire en détail, ces amants, ce qui se passe *exactement* dans leur âme, pas un instant ils ne nous font illusion, pas un instant nous ne sommes touchés : on sent trop bien que c'est Jean-Jacques qui parle. Et il se souciait bien de faire œuvre artistique! Une telle préoccupation lui eût semblé le signe d'un déchéance.

Ce vice essentiel, cette impuissance à faire œuvre émouvante, les contemporains ne les sentirent point aussi vivement que nous : c'est qu'il y avait dans les âmes de ce temps-là, il faut en convenir, tant de sécheresse, que la première pluie en fut bien accueillie, et que l'on ne s'inquiéta point si elle apportait une eau pure ou corrompue. De même, on avait si bien perdu l'habitude de parler de la vertu, la vertu avait si bien cessé d'être même un nom, qu'on lui fit fête lorsqu'on la retrouva. On s'en gorgea jusqu'à la nausée. On la revêtit de toutes les défroques et on la mit dans tous les emplois. Saint-Preux et Julie avaient donné l'exemple.

Rien de plus comique, en effet, que de rencontrer
à chaque page, sous la plume de la jeune fille folle
de son corps et du précepteur qui a détourné son
élève, l'éloge de cette vertu qu'ils bafouent si délibérément. Sans doute, tous les amants sincères sont
enclins à penser que si l'univers les blâme, c'est l'univers qui a tort. Mais ils méprisent la conception que
les hommes se font de la vertu et ne prétendent point,
comme Saint-Preux, la respecter tout en n'en tenant
aucun compte. Et il fallait la bonne tête de Jean-Jacques pour imaginer de faire célébrer la chasteté par
deux jeunes gens qui ne fréquentent point les bos-
quets de Vevey dans le seul dessein d'entendre chanter les oiseaux.

Mais ce plaisant illogisme, c'est le trait caractéristique de Rousseau et des neurasthéniques de son
espèce. De là une déformation de la conscience, une
manière de quiétisme très particulier. On distingue le
bien, mais la certitude que l'on a de le distinguer vous
excuse plus qu'à demi, à vos propres yeux, de ne le
pratiquer point. On fait figure de sot dans le monde,
mais on se sait homme d'esprit, et par cette conviction intime, l'on se console de ne le point paraître.
Et ainsi de suite : les sophismes de l'amour-propre
sont innombrables.

Au reste, ce travers n'échappe pas à Julie. Au milieu de ses premiers transports, elle s'écriait : « D'autres sont plus vertueuses que moi ; aiment-elles mieux la vertu ? » Plus tard, elle reconnaît le danger de faire de ce mot-là un usage immodéré : « Nous avons toujours senti qu'il n'y avait pas de félicité sans la vertu ; mais prenez garde que ce mot de vertu trop abstrait n'ait plus d'éclat que de solidité, et ne soit un nom de parade qui sert plus à éblouir les autres qu'à nous contenter nous-mêmes. Je frémis quand je songe que des gens qui portaient l'adultère au fond de leur cœur osaient parler de vertu. Savez-vous bien ce que signifiait pour nous un terme si respectable et si profané, tandis que nous étions engagés dans un commerce criminel ? C'était cet amour forcené dont nous étions embrasés l'un et l'autre qui déguisait ses transports sous ce saint enthousiasme. » De même, Julie démolit le sophisme orgueilleux que l'on trouve en tant d'endroits de ce livre et sous tant de formes, et qui consiste à ne reconnaître d'autre guide de vie morale que la conscience individuelle, la conscience de l'homme naturellement bon :

Un heureux instinct me porte au bien : une violente passion s'élève ; elle a sa racine dans le même instinct ; que ferai-je pour la détruire ! De la considération de l'ordre je

tire la beauté de la vertu, et sa bonté de l'utilité commune.
Mais que fait tout cela contre mon intérêt particulier?
Et lequel au fond m'importe le plus, de mon bonheur aux
dépens du reste des hommes, ou du bonheur des autres au
dépens du mien? Si la crainte de la honte ou du châtiment
m'empêche de mal faire pour mon profit, je n'ai qu'à mal
faire en secret, la vertu n'a plus rien à me dire... Enfin,
que le caractère et l'amour du beau soient empreints par
la nature au fond de mon âme, j'aurai ma règle aussi longtemps qu'ils ne seront point défigurés. Mais comment m'assurer de conserver toujours dans sa pureté cette effigie
intérieure qui n'a point, parmi les êtres sensibles, de
modèle auquel on puisse la comparer? Ne sait-on pas que
les affections désordonnées corrompent le jugement ainsi
que la volonté, et que la conscience   ltère et se modifie
insensiblement dans chaque siècle, d   s chaque peuple,
dans chaque individu, selon l'inconstance et la variété des
préjugés?

Conclusion: il faut avoir recours, pour le gouvernement de la vie, à un principe plus stable que notre
humeur momentanée. Conclusion que les héros du
roman ne se priveront pas d'oublier bien des fois
encore, pour proclamer les droits imprescriptibles de
la conscience, qu'ils confondent avec leur sensibilité.

Ah! la sensibilité, ce qu'ils en jouent! Voulez-vous
avoir une idée des effusions auxquelles donne lieu le
retour d'une amie dans la maison de Mme de Wolmar
(car Julie a obéi à son père et a épousé un barbon).

Écoutez :

En ouvrant la porte de la chambre, je vis Julie assise vers la fenêtre et tenant sur ses genoux la petite Henriette, comme elle faisait souvent. Claire avait médité un beau discours à sa manière, mêlé de sentiment et de gaîté; mais, en mettant le pied sur le seuil de la porte, le discours, la gaîté, tout fut oublié; elle vole à son amie en s'écriant avec un emportement impossible à peindre: cousine, toujours, pour toujours, jusqu'à la mort!

Que cela est discret !

... Henriette, apercevant sa mère, saute et court au-devant d'elle, en criant aussi, *Maman ! maman !* de toute sa force, et la rencontre si rudement que la pauvre petite tomba du coup.

S'agit-il d'une personne humaine, ou d'un petit chien écervelé qui se jette dans les jambes de ses maîtres ?

... Cette subite apparition, cette chute, la joie, le trouble, saisirent Julie à tel point, que, s'étant levée en étendant les bras avec un cri très aigu, elle se laissa retomber et se trouva mal. Claire, voulant relever sa fille, voit pâlir son amie: elle hésite, ele ne sait à laquelle courir. Enfin, me voyant relever Henriette, elle s'élance pour secourir Julie défaillante, et elle tombe sur elle dans le même état.

Oh! les jolis chromos auxquels de telles descriptions peuvent servir de prétexte! Mais ce n'est pas tout :

...Henriette, les apercevant toutes deux sans mouvement, se mit à pleurer et pousser des cris qui firent accourir la

Fanchon: l'une court à sa mère, l'autre à sa maîtresse. Pour moi, saisi, transporté, hors de sens, j'errais à grand pas par la chambre sans savoir ce que je faisais, avec des exclamations interrompues, et dans un mouvement convulsif dont je n'étais pas le maître.

Je le vois d'ici.

...Wolmar lui-même, le froid Wolmar se sentit ému. O sentiment ! sentiment ! douce vie de l'âme! quel est le cœur de fer que tu n'as jamais touché? Quel est l'infortuné mortel à qui tu n'arraches jamais de larmes?

...Et c'est tout le temps ainsi. Et l'on sent que pour Rousseau de telles scènes offrent l'image parfaite du bonheur. Et l'on devine que la faculté (maladive) qu'il a de s'attendrir ainsi à tout propos et de verser des larmes de joie lui donne un orgueil immense, et que toutes ses mauvaises actions deviennent vite insignifiantes, pour un homme qui possède un cœur si sensible. Ne nous y trompons point : nous sommes sur le chemin de l'animalité. Ces êtres qui semblent toujours soumis à des émotions trop fortes et prêts à éclater en sanglots, comme une marmite pleine d'eau qui, oubliée sur le feu, soulève son couvercle, ces « machines à pleurer », annoncent de loin des « machines à vibrer » que sont, que veulent être et se vantent d'être la plupart de nos contemporains. Et nous voilà loin des usages traditionnels de la famille française, empreints de tendresse profonde et de dignité. Le moyen de fortifier les émotions, c'est de les contenir ; la sentimentalité, c'est la sensibilité des pauvres.

Julie d'Etange, renonçant à Saint-Preux, est donc devenue Mme de Wolmar. Sa nouvelle condition, en lui imposant des devoirs, lui inspire de sages réflexions. Voici les meilleures pages du livre. Julie y paraît assez naturelle dans l'exercice de son rôle de maîtresse de maison. Mais tout cela ne va pas sans quelques retours attendris sur le passé, et puis, une question trouble Julie : doit-elle avouer à son mari qu'elle fut la maîtresse de Saint-Preux ? Eh ! oui ! parbleu ; car Rousseau ne supporte pas l'idée du mensonge (*vitam impendere vero*). Comme la princesse de Clèves, Julie se confesse à son mari. Mais il y a entre les deux situations une différence immense dont Rousseau ne fait pas état, parce que, s'il imaginait assez bien, au début, la marche des passions, il est l'homme du monde le plus incapable d'entrer dans les sentiments d'un jaloux. Aussi ne se doute-t-il pas un instant que toute la seconde moitié de son roman ne se tient pas et qu'elle n'échappe à l'abjection que par le ridicule. Comment s'indigner, en effet, de ce Wolmar, qui, après l'aveu de sa femme, s'empresse d'inviter l'amant à passer quelque temps chez lui ?

Aux yeux de Rousseau, c'est à ce moment-là que Wolmar devient sublime. Quant à Saint-Preux le spectacle de l'heureux ménage que forment son rival et son ancienne maîtresse agit sur son âme à la façon d'une image édifiante; et c'est tout juste si l'on trouve une fois une réflexion comme celle-ci.

Le soir, en me retirant, je passai devant la chambre des maîtres de la maison; je les y vis entrer ensemble: je gagnai tristement la mienne, *et ce moment ne fut pas pour moi le plus agréable de la journée.*

N'est-ce pas suave? Et si c'est là tout ce qu'inspire la situation à un amant passionné, ne peut-on douter de la sincérité de ses effusions de tantôt? Mais non. Seulement, tout le physique de l'amour est complètement étranger à l'ancien ami de Mme de Warens, au rival de Claude Anet. Et cela lui permet de plier cette passion au gré de son imagination. Ainsi s'explique encore la faible qualité esthétique de son roman: le motif de l'art, c'est l'humanité telle qu'elle est, l'humanité irréductible aux fantaisies d'un rêveur.

Comme il a attendri et amélioré Saint-Preux, le spectacle des vertus domestiques du ménage de Wolmar purifie tout à trois lieues à la ronde: enfants, domestiques, voisins. L'âme idyllique de Rousseau s, donne carrière, et il n'y aurait rien à redire à ce tableau de mœurs patriarcales, s'il ne tombait dans la fadeur. Il y a une grande part d'illusion dans la croyance à la vertu de la vertu, et, pour ajouter un air de vérité à son ouvrage, Rousseau aurait pu nous montrer l'un des domestiques de Clarens devenant fripon rien que par dégoût de tant de gens vertueux... Mais ces contradictions sont dans la nature humaine, et Jean-Jacques a voulu créer des surhommes, comme ce Wolmar dont l'esprit de charité est, en effet, surhumain.

À présent, pourquoi ce Wolmar, qui présente l'image de toutes les perfections, a-t-il voulu épouser malgré elle Julie, tout en n'ignorant rien de ses amours (car il les connaissait avant l'aveu qu'elle lui en fait)? Est-ce donc joli, ce vieux qui abuse de l'amitié d'un père pour contraindre une femme? Ici éclate la différence profonde d'un classique comme Molière à un romantique comme Rousseau: tous deux prêchent le respect de la nature, mais quelles conceptions diverses ils en ont! Pour Molière, suivre la nature consiste à marier les jeunes gens. Pour Rousseau, la nature est satisfaite quand des gens que tout porte à se déchirer le visage vivent ensemble dans la plus étroite intimité, s'abîment en des embras-

sements sans fin et remercient le ciel de leur avoir
donné une âme si docile aux enseignements de la
philosophie.

Durant cinq ou six cents pages, mari, maîtresse,
amant, amie, tout ce monde-là demeure sous le même
toit, n'ayant d'autres distractions que des attendris-
sements toujours renouvelés. Si, ils en ont une autre ;
c'est de se dire : « Ah ! quels hommes extraordinaires
nous sommes ; voilà bien le triomphe de la vertu par
le retour à la nature ! Comme nous illustrons bien les
théories du grand Jean-Jacques ! »

Et la fausseté de cette situation où l'auteur se com-
plaît nous oblige à reconnaître un livre malfaisant
dans la *Nouvelle Héloïse* où, par ailleurs, on trouve
de bonnes choses, des observations justes, un goût
sincère de la campagne, de la vie simple et honnête.

Mais les observations justes, il s'est trouvé que,
développées en d'autres livres de Rousseau, elles se
sont transformées en doctrines fausses. Mais le goût
de la vie rustique a fini d'avoir son effet favorable.
Et le principe moral contenu dans le livre continue,
au contraire, d'entretenir parmi nous le désordre des
sentiments et des mœurs.

Si tant d'écrivains se détournent de l'étude exacte
du cœur humain pour ne s'intéresser qu'aux cas
exceptionnels ; s'ils échouent à décrire les sentiments

les plus généraux, qui sont toujours la matière de l'art le plus noble; s'ils se complaisent dans l'équivoque, c'est à la seconde moitié de la *Nouvelle Héloïse* que nous le devons.

Si nos pièces de théâtre et nos romans sont pleins de thèses ou de discussions souvent étrangères au sujet, — c'est à l'imitation de la *Nouvelle Héloïse*, dont on pourrait supprimer les trois quarts sans nuire au développement du récit.

Si des fous et des imbéciles ont pu comparer la *Vierge folle* à un tragédie classique et en faire honneur à Racine au lieu d'en faire honte à Rousseau; si l'on a pu acclamer dans un théâtre français, chez le seul peuple qui possède le sens du ridicule, une femme qui monte la garde à la porte de la chambre où son mari est enfermé avec sa rivale, c'est parce qu'il a existé un ménage Wolmar-Julie-Saint-Preux.

Que si nous considérons la *Nouvelle Héloïse* en elle-même, et sans nous soucier de son influence, il faut reconnaître que c'est un livre bien inégal, comme le génie même de Rousseau, comme son art aussi. Brillant et redoutable dans la controverse intellectuelle, il est déclamatoire et emphatique quand il exprime des sentiments. Il nous apporte des lumières nouvelles sur l'âme humaine et, en même temps, manifeste une ignorance complète des vérités psychologiques les plus élémentaires. On a dit que Rousseau avait inventé le sentiment et la passion : quelle naïveté ! Tout au plus a-t-il pu faire naître quelques passions fausses... L'amour n'obéit pas aux écrivains ; ils n'ont d'action que sur l'expression de l'amour ; et il est vrai qu'exprimer des sentiments excessifs conduit souvent à croire qu'on les éprouve : on ne les éprouve pas pour cela.

Oui, tout ce que Rousseau a inventé, c'est un jargon passionné. Lisez les lettres d'amour qu'échangeaient les révolutionnaires : ah ! que de passions dévorantes ! Et ouvrez les recueils de leurs discours : ah ! que de beaux sentiments, que de *sensibilité !* Mais les discours avaient pour conclusion les massacres de Septembre et les amours finissaient... comme la plupart des amours humaines.

Et puis, Rousseau eût-il réinventé les sentiments, que son ouvrage fût demeuré incomplet. Restait à découvrir à nouveau la pudeur sentimentale.

Monsieur Bois

N'avez-vous pas remarqué qu'il existe peu de
« penseurs » professionnels, parmi les écrivains
contemporains ? Les uns sont poètes, d'autres
romanciers, d'autres critiques ; quelques-uns enfin
travaillent pour le théâtre. Monsieur Bois a publié
des livres de vers et de prose, et même il émet des
jugements sur ses contemporains. Néanmoins, vous
viendrait-il à l'esprit d'employer le mot de poète,
ou celui de romancier, ou encore celui de critique,
pour qualifier Monsieur Bois ? Non pas. Monsieur
Bois exerce d'abord l'état de penseur. Il a eu cette
audace heureuse, et dont il le faut féliciter, car,
depuis qu'il y a des hommes, et qui pensent, les
idées commencent à devenir rares, et le métier de
penseur serait métier de dupe si beaucoup de lecteurs n'avaient besoin, plutôt que de pensée, de
pansage.

Malgré tout, les avantages du métier de penseur
ne balancent pas ses inconvénients. Monsieur Bois

le sait, et de là vient son mérite. Combien de tentations n'a-t-il pas dû refouler, avant de nous livrer
ainsi le fruit de sa méditation! Il l'avoue lui-même :
« *Sa* documentation, *ses* théories servirent à des
écrivains de l'un ou de l'autre sexe, qui en ont tiré
dans le livre ou au théâtre un parti plus fructueux... » On se souvient, en effet, de l'affaire du
Vaisseau des caresses. Monsieur Bois n'eut pas de
peine à convaincre les lettrés, aussi bien que les
juges, de l'imposture de son rival. Sans doute, des
jaloux murmurèrent, et ces murmures parfois se
traduisirent en épigrammes :

> Mon verre n'est pas grand, dit monsieur Jules Bois,
> C'est pourquoi dans celui de mon voisin je bois.

Mais peut-on empêcher les jaloux de murmurer?
Pas plus qu'interdire aux écrivains d'un sexe, ou
de l'autre, d'utiliser les découvertes d'un penseur.
Il n'existe pas même de loi pour l'interdire aux écrivains du troisième sexe. Et vogue la galère! La
galère des caresses n'a pas épuisé sa vogue.

Ainsi, sourd à la voix des tentations intérieures,
comme Ulysse au chant des sirènes, Monsieur Bois
continue de penser. Il pense avant d'écrire, il pense
en écrivant, il pense même en corrigeant ses épreuves : « Rêveur, j'ai levé les yeux au-dessus des

caractères d'imprimerie, qui m'obsédaient. J'ai
espéré, là-bas, là-haut, une réponse calmante. Mais
non. Mes préoccupations se sont reflétées dans les
plaines du firmament. » Ainsi, quand Monsieur
Bois est inquiet, c'est l'Eternel qui se gratte la tête.
Ne vous étonnez point s'il reste quelque chose de
divin dans l'œuvre de Monsieur Bois : il reste les
pellicules.

Non apaisé par ce sacrifice sublime qui le fait
renoncer souvent aux succès faciles du théâtre —
rappelez-vous la *Furie,* qui fit fureur — et consacrer toute son activité à sa tâche de penseur, Monsieur Bois limite ses espoirs. Il ne veut que les suf-
frages des jeunes filles et des vieilles demoiselles
devenues féministes, n'ayant jamais pu être tout à
fait femmes. Monsieur Bois se soucie d'une meilleure organisation du ménage. Son dernier livre, le
Couple futur, (1) traduit ces nobles préoccupations.
Pécuchet et Joseph Prudhomme y prononcent des
sentences alternées, et la morale, une morale fondée
sur l'observation, l'histoire et une forte conception
de la destinée humaine, gagne beaucoup à ces con-
troverses. Les lectrices de Monsieur Bois s'arrête-
ront longuement à certains chapitres. L'un d'eux,

_____

(1) Librairie des *Annales.*

pris au hasard, traite de « la chasteté, initiatrice de l'amour », de « la science qui travaille pour la chasteté », de « la courtisane, péril physique », de « la réconciliation de la volupté et de la vertu », etc. Quel délice, pour de vieilles demoiselles, que de pouvoir étudier ces matières, avec l'assurance qu'aucune pudeur ne sera froissée, et la conscience de participer à l'amélioration de la société ! Ah ! la conclusion pieuse des romans où la duchesse s'est dévêtue ! Ah ! les ouvrages techniques, les livres de gynécologie, plaisir des adolescents !

Mais je n'ai point signalé encore le principal mérite de Monsœur Bois, penseur. Il convient de le louer avant tout de ne se point attacher à paraître original. Encore un coup, il n'est qu'un serviteur du bien, et toute vanité lui demeure étrangère. Ainsi, tout le long de son livre, il ne craint point de répéter les pires banalités. De même, n'écrivant point pour une élite, mais bien pour les foules, il maîtrise son génie naturel et, par un admirable désintéressement, se condamne à revêtir ses pensées du style le plus terne. Il eût pu, grâce à quelque vernis, leur donner les reflets de l'ébène ou de l'acajou, mais il a préféré le Bois tout nu, le bois blanc. Il a le courage de se ranger parmi ces hommes qui, par on ne sait quel maléfice, ramènent à la méliocrité tout ce qu'ils touchent. Présentée par leur main, la petite statuette dont la vue nous avait fait éprouver l'aiguillon exquis de la beauté, perd tout son charme. A ce spectacle, une vague désespérance envahit l'artiste ; il ne reconnait plus qu'une besogne dans la tâche qu'il accomplissait avec amour ; il voit peu à peu redevenir matière la glaise où déjà il distinguait l'image future d'un dieu ; il se prend à douter s'il est des idées justes, et qui valent d'être revêtues de grâces verbales. Vraiment, oui, c'est le courage de Monsieur Bois que j'admire plus encore que son génie.

Sa carrière aussi, cependant, est digne d'admiration. Monsieur Bois a acquis une importante situation dans les lettres. Cela suffirait à lui assurer la bienveillance de ses confrères, vieux ou jeunes, si son œuvre ne suscitait déjà leur enthousiasme. Critiquer Monsieur Bois, dont je viens très maladroitement d'énumérer les mérites, serait imprudent autant qu'injuste ; et je sais bien que si quelqu'un s'y essaye, ce ne sera pas moi.

Le Centenaire
de Maurice de Guérin

On va célébrer jeudi, bien modestement, le centenaire de Maurice et Eugénie de Guérin. Non pas le centenaire de leur naissance, mais celui de la publication de leurs œuvres. La cérémonie comportera simplement la pose d'un médaillon sur leur tombe, dans le petit village où ils passèrent leur enfance. C'est peu, quand on songe à la pompe déployée en l'honneur d'un autre amant de la nature, Jean-Jacques Rousseau. Mais cela suffit.

Le 5 août 1910, jour anniversaire de la naissance de Maurice, dans l'arrière-magasin de la librairie Champion, qui venait d'éditer le précieux ouvrage de M. Abel Lefranc, (1) nous étions trois ou quatre à parler de ce jeune homme qui, à travers le dix-neuvième siècle romantique et parnassien, apporta la meilleure pierre au monument de l'humanisme

---

(1) *Maurice de Guérin* d'après des documents inédits (H. Champion, éditeur).

éternel. Cette librairie est un endroit où les amoureux des lettres se plaisent. Ils y trouvent une compagnie de choix, du calme, une lumière atténuée
qui s'assombrit vers les murs tapissés de livres ; et
le voisinage de tant de chefs-d'œuvre qui dorment
là dans leurs belles reliures, incline l'esprit aux plus
délicates méditations. Des historiens et des philo-
logues viennent s'accouder à la grande table où
s'entassent des volumes. Des académiciens passent
par là, les jours qu'ils vont consacrer un peu de
leur éternité à l'éternelle genèse du Dictionnaire.
M. Anatole France, que l'escalier de l'Institut ne
connaît plus, s'arrête volontiers dans cette cité des
livres où il peut évoquer la maison paternelle, et où
des parfums de sa jeunesse flottent parmi les monuments des vieux âges .M. Remy de Gourmont l'y
rencontre quelquefois. L'unique fenêtre du lieu
donne sur une cour plantée d'arbres ; et, par cet
après-midi d'été, le murmure des branches touffues
faisait un doux accompagnement aux paroles. C'est
la vue de ces arbres sans doute, qui fit dire à l'un de
nous que le meilleur moyen de commémorer le nom
de Maurice de Guérin serait de fixer une plaque de
marbre, une simple plaque sur un arbre, dans Paris.
Toutefois, pourquoi livrer à l'arbre seul le soin de
perpétuer son souvenir, quand la dévotion du poète

s'étendait à tout ce qui existe dans le monde, aux montagnes, aux prairies, aux fleuves, au vieil Océan père de toutes choses, aux nuages portés par le vent, à l'âme immense et insaisissable qui anime tout cela? Ah! pas de statue, pas de plaque commémorative, rien qui puisse paraître fixer ici plutôt qu'ailleurs le nom de cet écrivain dont le rêve trouva trop étroites les bornes d'un univers que sa pensée embrassa tout entier. Un portrait sur une tombe, cela seulement était convenable: sous terre, un peu de cendre qui jadis composa une figure, retourne à l'universel, selon des lois qu'au dessus connaît et formule un esprit lucide dans ce beau visage rêveur...

Le monument qu'il faut réclamer, c'est ainsi que l'a dit M. Abel Lefranc, une édition complète. L'œuvre de l'auteur du *Centaure,* malgré les travaux auxquels elle a donné naissance en France ou en Angleterre, n'est pas encore publiée intégralement. Cependant, et bien que la plupart des manuels de littérature n'en fassent point mention, elle a compté et compte, depuis George Sand et Sainte-Beuve jusqu'à ce jour, de nombreux fidèles. De ce qui restait inédit, correspondance ou poèmes, M. Abel Lefranc a mis au jour une part importante. Elle aide à reconstituer la vie de Maurice.

Vie trop brève, hélas! Né le 5 août 1810, au Cayla (Tarn), dans un château rustique, Maurice grandit à la campagne, et les impressions qui frappent sa sensibilité déjà vive ne s'effaceront plus désormais. Plus tard, entre Maurice et Eugénie, cette laide adorable, entre le collégien de Stanislas et la sœur restée au pays, ces souvenirs de la première enfance composeront un trésor commun d'un prix inestimable, une nappe d'eau profonde où s'alimenteront les racines de leurs âmes, ces fleurs. Ils forment la trame de leur correspondance; et, de la certitude où se trouvent le frère et la sœur qu'aucune émotion, qu'aucune pensée de l'un ne restera étrangère à l'autre, sont nées des pages au parfum unique, où l'esprit se confie dans un murmure du cœur, et qui trahissent cet abandon sans retour, cette sympathie absolue que l'amour enviera éternellement à une amitié aussi parfaite.

Ses études terminées, Maurice dut, pour vivre, donner des leçons. Ses maîtres de Stanislas l'aidèrent en cette occasion. On le voit ensuite à la Chênaie, chez l'abbé de Lamennais qui avait réuni là quelques disciples. Guérin subit profondément l'influence de « Monsieur Féli », mais, comme il possède quelque génie personnel, il s'en débarrasse d'assez bonne heure, et, tout en demeurant catho-

lique, se libère peu à peu de préoccupations religieuses trop immédiates. Des journaux acceptent de ses
articles ; mais un jour il avoue avec bonhomie que
sa littérature lui a rapporté en tout vingt-quatre
francs. Certains documents retrouvés par M. Abel
Lefranc nous montrent Guérin amoureux — un
amoureux que l'amour de celle qui sera bientôt sa
femme console de sa passion pour une femme qui
ne fut jamais sa maîtresse ; et Barbey, ami de Guérin depuis le collège, donne, dans ses *Memoranda*, sur
la duplicité ingénue du poète, les détails les plus
savoureux. Maurice se marie. Il meurt environ un
an après, en 1839.

. .

Barbey a fort bien noté que le génie de Guérin,
pareil à cet *Hermaphrodite* qu'il avait pris pour sujet
d'un poème, participe de deux natures. Maurice
s'abandonne au rythme de la vie universelle et se
mêle si étroitement à elle que, sensible au changement des saisons comme une femme aux variations
de l'atmosphère, il perd de son activité quand la terre
entre dans le deuil, pour renaître à son réveil. Cependant, à la différence de nos muses contemporaines
cet abandon ne le contente point ; il faut encore qu'il
étreigne ce monde, objet de sa ferveur, et c'est

l'ivresse de la possession qui communique à ses phrases un frémissement secret. Puis, connaissant des choses ce qu'en peuvent révéler les sens et le libre jeu des muscles, derrière les signes visibles il cherche la substance et les principes de tout ; or, au seuil de ces mystères, les dieux jaloux ont roulé une pierre inébranlable. Telle est l'origine de l'inquiétude du poète ; elle dépasse les motifs humains ; elle dépasse le romantisme : l'âme de la Grèce la nourrit.

Ces mouvements d'une sensibilité qui tour à tour se répand à la surface des choses, puis les attire à soi comme pour les absorber, ces grands élancements brisés de l'esprit, et, pour diriger tout cela, ainsi qu'on imagine le dieu de la lumière maîtrisant son attelage effréné, l'empire formidable et doux d'une raison que rien ne trouble ; voilà quelques thèmes de cette symphonie sacrée qu'est le poème du *Centaure*. On citera des œuvres plus longues, et ces quelques feuillets ne sont pas lourds dans la main ; mais je ne reconnais nulle part plus distinctement l'empreinte du génie. Avec le poète, pour qui les grandes forces de la vie, qu'il personnifie d'instinct à la manière des Grecs, ne sont pas de vaines entités, nous nous élançons sur l'étendue d'une terre primitive qu'éclaire un soleil encore jeune, mais déjà témoin du déclin de la race antique des Centaures. Cet hymne panthéiste

est un hymne à la vie célébrée en elle-même et, si l'on
peut dire, dans sa réalité métaphysique ; car Maurice
a écrit que son « amour des choses naturelles ne va
pas au détail, mais à l'universalité de ce qui est. »
Pour rendre sensible les commencements ou le terme
de l'existence, le cours des journées et des nuits, le
bondissement du sang ou de la sève, l'agitation de
l'air et des eaux, il y a là des intuitions d'une finesse et
d'une puissance insoupçonnées jusqu'alors, un sens
miraculeux des symboles, des correspondances et des
harmonies.

Mieux que tous les commentaires, une étude attentive du style de Guérin renseignerait sur son génie.
Son style, c'est un vocabulaire très personnel, c'est
une économie originale des phrases, et puis encore
une cadence inimitable dont s'enchantent les dévôts
du poète. Au début, l'abondance des termes généraux
surprend, et je me souviens de n'avoir retiré, d'une
première lecture du *Centaure,* qu'une émotion toute
musicale. Puis, peu à peu, la chair et les muscles
viennent gonfler cette armature abstraite, et l'on
s'aperçoit que personne, après comme avant Maurice
de Guérin, n'a jamais condensé autant de vie entre
des lignes d'écriture...

Mais quoi! cette noble architecture n'est-elle donc
pas inanimée? Quelle leçon, alors, pour tous ces gens

qui, sous prétexte d'émotion moderne, produisent dans leurs livres un lamentable balbutiement! Se pourrait-il que les plus subtils troubles de l'âme fussent susceptibles d'être traduits en périodes correctement bâties? Saluons en Maurice de Guérin un moment de la tradition éternelle. Aussi bien n'était-il pas logique de rencontrer un moderne exemple de la perfection classique chez celui qui, sans y songer peut-être, en a livré le secret dans une phrase prodigieuse, où il parle de « cette volupté qui n'est connue que des rivages de la mer, de contenir sans aucune perte une vie montée à son comble, et irritée... »

M. Henry Bidou

Voici bien de tous les livres parus cette année l'un des plus charmants, et celui peut-être que j'ai lu avec le plus de plaisir. Et Dieu sait combien de livres j'ai lus ! Un par jour, au bas chiffre. C'est une variété de supplice que ni Virgile ni l'Alighieri n'ont indiquée, quand ils ont décrit l'enfer ; mais l'unique raison de cet oubli est que de leur temps l'imprimerie n'était point encore inventée. Je ne suis pas surpris de devoir à M. Henry Bidou l'une des récompenses que peut mériter ce labeur ingrat. Les critiques dramatiques de M. Henry Bidou, chaque semaine, sont parmi les meilleures choses qui se trouvent dans les journaux, aujourd'hui. D'avance elles fournissaient caution pour les œuvres d'imagination où pourrait s'essayer leur auteur. Il ne devait naître sous la plume de M. Henry Bidou rien que de parfaitement distingué et de parfaitement intelligent. Son

roman (1), *Marie de Sainte-Heureuse,* confirme ces
pressentiments, mais j'aurais bien peu de chose à en
dire, s'il se bornait là. Pour que nous n'éprouvions
pas de déception, il faut que toujours la réalité
apporte un peu plus que nous n'attendions.

Les premières pages, je dois le dire, m'avaient
induit en défiance. Non qu'elles ne fussent aimables ;
mais tant de romans ont pour héros des jeunes gens
et pour sujet un premier amour, que je m'efforçai
presque à être injuste par système envers M. René
Auberive et Mme de Sainte-Heureuse. J'ai vite quitté
ces mauvaises dispositions et reconnu combien M.
Henry Bidou raconte avec simplicité et vérité scru-
puleuse une aventure où beaucoup de romanciers
que vous connaissez aussi bien que moi n'eussent
découvert que prétextes à décors, à mièvres attitudes
et à descriptions de meubles anciens ou de costumes
plus que modernes.

Le sujet du livre tient en quelques lignes, mais qui,
de l'arc-en-ciel de l'amour, suffisent à fixer une
nuance. Si bien que René et Marie, dont l'aventure
est dépourvue de complications et ne charge pas la
mémoire, pourront servir désormais d'exemple
propre à orienter les idées et à éviter de longs dis-

---

(1) *Marie de Sainte-Heureuse* roman. (Calmann-
Lévy, édit.)

cours, quand on voudra préciser un certain aspect de la vérité sentimentale. Un très petit nombre de livres nous laissent cette impression : que le sujet, grand ou petit, qu'ils traitent, est traité une fois pour toutes, et qu'il n'y a pas à y revenir.

René, qui est un garçon de vingt ans, non pas niais, ni même naïf, mais tout de même assez neuf, rencontre Marie de Saint-Heureuse, et s'éprend de cette femme de trente ans. La naissance de cet amour est décrite avec grâce, avec bonheur ; cette part de l'œuvre fait songer à certaines pages du *Lys rouge*, ce roman dont M. Anatole France voulut faire un livre de passion, mais qui n'est qu'un très beau livre d'art, qui nous plaît tant malgré cela parce que, s'il n'ajoute pas grand chose à la psychologie des passions, il crée miraculeusement l'atmosphère où nous rêvons de situer les nôtres, et qui nous plairait davantage encore s'il n'était responsable en partie d'une si pauvre littérature que depuis nous avons vu germer et s'épanouir. Mais M. Henry Bidou cesse vite les jeux de virtuose où pourrait s'exercer la subtilité de sa pensée et s'affirmer la richesse de ses connaissances esthétiques. Il suit tout droit son chemin de romancier.

René et Marie sont séparés. Déjà il lui a dit son amour, et elle en est touchée, quoiqu'elle prétende à lui conserver le nom d'affection. Loin l'un de l'autre, ils s'écrivent :

Pour une jeune femme un peu gâtée, et qui sent la vanité de cette agitation, il n'y a rien de si attristant que d'écrire. C'est le recueillement forcé, c'est l'immobilité où redevient limpide la liqueur de l'esprit. Marie écrivait naturellement des phrases mélancoliques, et le malaise dont elle parlait augmentait spontanément devant le papier et l'encrier. Cependant elle s'arrêtait et mordait son porteplume. Elle se disait qu'elle avait trente ans; une fatigue infinie allongeait alors son visage et appesantissait son corps, et elle passait sa main sur son front et sur ses yeux, en appuyant et en glissant fortement, comme pour qu'un air neuf la raffermit d'un nouveau contact.

René répond par des protestations éperdues à l'aveu de cette tristesse. Alors :

Marie, inquiétée, sentant son inconséquence et réveillée de sa mélancolie, masquait dans la lettre suivante cette vue vraie de son âme, dangereuse également à René et à elle. Elle se donnait alors un ton plus maternel, et un air de vieillesse désabusée. « Mon cœur est mort, disait-elle, mon pauvre petit ! » et il lui semblait qu'il le fût en effet. Elle devenait vraiment la réalité du rôle qu'elle se donnait, comme si ce rôle se vengeait d'elle. Cette jeune femme, qui n'avait pas un seul vrai souci, éprouvait alors le poids de la vie, la tristesse d'exister, la lassitude de penser. Il lui semblait avoir vécu cent existences, et en traîner le fardeau mort. Elle allait jusqu'à ces derniers sentiments que la vie offre, comme un cadeau d'adieu tenu en dernière réserve, à ceux qu'elle va quitter: la lâcheté devant le destin, la peur devant la mort, la faiblesse de l'esprit, le goût de l'existence et de ses menues joies, la bassesse d'âme des vieillards. Elle ressentait tout cela, à quoi elle donnait une nouvelle, jeune et presque puérile figure: elle se pelotonnait au milieu de la vie, se faisait petite et tendre, aurait voulu être consolée, calinée, bercée comme une petite fille.

Bref, « sous l'air maternel qu'elle se donnait, elle devenait chaque jour davantage l'être inférieur et tendre qui a besoin de l'homme ». Un changement se produit en même temps chez René mais en sens contraire. Il devient plus viril. L'amour l'a conduit à un état d'exaltation et pour lui, bientôt, cette exaltation a plus de prix que l'amour. M. Henry Bidou a bien marqué l'importance qu'ont les lectures, à l'âge où est René. Plus tard, elles fournissent des sujets de conversation; chez un adolescent. elles font d'abord de la substance sentimentale. Comme René a vingt ans vers 1895, c'est dans la littérature symboliste qu'il cherche ses motifs d'émotion et peu à peu, par un détour que M. Henry Bidou indique très heureusement, cette littérature le conduit d'un idéalisme exaspéré à des vues réalistes sur la vie. Quand Marie et René se retrouvent, ils se retrouvent différents.

Lui voit désormais la jeune femme telle qu'elle est:

Un avis médiocre, une concession aux modes, une nuance de snobisme, une faiblesse, une pensée conventionnelle,

une erreur sautaient alors aux yeux de René. Tout cela le
frappait d'autant plus que lui-même n'en était pas exempt.

Ils s'aiment néanmoins, mais avant d'être l'un à
l'autre, ils traînent déjà leur chaîne. Déjà ils cherchent à se faire souffrir. Mais quelle différence entre
leurs sentiments !

Une espèce de tendre et caressante maternité avait été
le premier piège de l'amour. Marie reportait maintenant
ce sentiment sur leur amour même, qu'elle aimait comme
un enfant contrefait. Elle n'avait pas d'orgueil intransi-
geant; elle savait toutes les imperfections de cet amour,
mais elle s'avouait qu'elle y tenait. Elle y tenait, et ne
cherchait rien de plus. Tandis que René le reniait avec
mépris, la misère de cet amour agonisant y attachait
davantage la jeune femme. Elle s'y donnait à mesure
qu'elle le sentait plus chanceux et plus médiocre.

Dès lors, on devine le terme, qui n'est qu'un triste
commencement. On devine que Marie viendra vers
la fin d'un après-midi chez le jeune homme :

Subissant la loi uniforme de la nature, égarés, parcourus
de frissons, buvant l'angoisse avec les baisers, ils s'aimè-
rent, ne s'aimant plus.

Ces lignes, que j'ai recopiées avec presque autant
de plaisir qu'on en put goûter à les écrire, et cent
nuances que je n'ai su indiquer, font le charme de ce
petit roman, où un aspect de la vérité sentimentale
est paré de toutes les grâces de l'intelligence et de
l'art.

Jules Renard [1]

Vers 1890, au plus fort du mouvement symboliste, et mêlé au groupe qui fondait le *Mercure de France,* Jules Renard publiait ses premiers livres. Or, rien n'est moins symboliste que son œuvre. Les théoriciens de l'époque nous apprennent que l'on se proposait de réintégrer l'idée dans l'art. Jules Renard se soucie médiocrement de l'idéologie. On voulait, sous les apparences phénoménales, découvrir les réalités, ou du moins, au moyen de celles-là, suggérer celles-ci. Jules Renard s'en tient à l'aspect visible des choses. Sur les autels désertés, de rares initiés venaient de hisser un nouveau dieu dont le visage était couvert d'un voile. Le Mystère, trop longtemps méconnu, retrouvait des fidèles, et, sur les bas côtés du temple, l'Indéterminé, l'Inachevé, et d'autres divi-

(1) Un comité s'est fondé en 1912 en vue de réunir les sommes nécessaires à l'érection d'un monument Jules Renard.

nités accessoires, recevaient leur tribut de dévotions particulières. Brusquement, mais sans bruit, s'entr'ouvre la porte de l'édifice obscur. Par l'étroit passage, avec la rapidité d'un regard, coule un rais de lumière. Il coupe des ombres, fait ressortir les objets, s'insinue et circonscrit. C'est la prose de Jules Renard.

Elle eut, dès le premier jour, son originalité. Acquise ou naturelle, on ne sait, mais à coup sûr extraordinaire. La pensée de Jules Renard nécessitait son style, et très certainement, par la suite, son style détermina souvent sa pensée; mais tous deux, d'un seul accord, fixaient à l'écrivain son domaine, dont il ne tenta point de sortir. Une fois écartées quelques œuvrettes, on peut étudier Jules Renard dans l'un ou l'autre, indifféremment, de ses livres, sans crainte de ne l'y point trouver tout entier. L'esprit passe d'habitude par une période de confusion, puis un travail de dépouillement s'effectue, tantôt brusque, tantôt lent, et parfois interminable. De cette confusion ni de ce travail on ne distingue la trace dans l'œuvre de Jules Renard. Elle y gagne en singularité; elle y perd en richesse.

On devine ce qui lui manquera: c'est comme un parfum d'humanisme. Pour comprendre le monde, Jules Renard use moins de son intelligence que de

ses sens. Il n'y a pas de mots abstraits dans ses
pages ; il y a souvent des pensées, ou plutôt des mots
qui font penser, mais point de raisonnements. Il
avait des convictions politiques ; il exerça, dans une
petite commune de la Nièvre, les fonctions de maire.
Il aimait la République et détestait les curés. Je doute
que la logique pût justifier cet amour ; cette haine,
en tout cas, était née, non de la réflexion, mais d'une
rancune ancienne. L'histoire de *Poil de Carotte* explique la passion de Jules Renard. Poil de Carotte goû-
terait fort les caresses, et sa mère les remplace par
des taloches ; or Mme Lepic passe ses journées chez
le curé ; donc le curé est responsable des taloches qui
se distribuent dans la famille Lepic et, subséquem-
ment, de tout le mal qui existe dans l'univers. Je
cherchais des raisonnements, c'en est un ; toutefois,
je ne sais pas si l'intelligence a concouru pour une
grande part à l'élaboration de celui-là.

C'est fâcheux, sans doute ; mais l'intelligence qui
abstrait, distingue, ordonne et construit, ne semble
pas indispensable pour former un bon écrivain. Elle
est seulement, pour un grand écrivain, la condition
du renouvellement, car elle anime les deux moteurs
de l'esprit : le doute et la curiosité. Un Gœthe la possède, qui veut marquer son empreinte sur toutes les
routes du monde. Un Jules Renard peut accomplir

son destin littéraire sans le secours de cette intelligence spéculative. Il lui suffit de regarder les êtres et de comprendre leurs gestes visibles ou cachés. Jules Renard tiomphe dans cet exercice, grâce à une faculté dont il fut doué au plus haut point et que l'on désigne couramment du beau nom d'intelligence, mais qu'il serait plus juste d'appeler la pénétration ou la perspicacité. Armé de la sorte, il parcourt le mince arpent qu'il a su choisir assez ignoré pour qu'il y reste des découvertes à faire, assez étroit pour qu'on ne lui en dispute point la possession. Il le cultive sans défaillance. Incapable de l'agrandir par la conquête, il sait du moins le creuser. Il travaille jusqu'au dernier jour, et sa mort termine trop tôt une œuvre dont nous connaissions, de façon exacte, la limite en étendue, mais non pas peut-être en profondeur.

*
* *

Le talent de Jules Renard consiste avant tout dans la nouveauté de l'expression. Jules Renard est maître absolu des mots qu'il emploie. Ils se lient, en un faisceau serré, aux sensations ; sensations visuelles le plus souvent. Le regard de Jules Renard, plutôt qu'il n'embrasse la réalité, la perce à la façon d'une vrille.

L'accord de la forme avec la pensée est ici tellement strict que l'on reconnaît, rien qu'à l'œil, une page de cet écrivain, comme sur une cimaise le tableau exécuté selon la recette « pointilliste ». Il ne compose pas ; il juxtapose. Cela l'amène généralement à écrire autant de phrases qu'il a d'impressions à rendre, mais chacune de ces phrases en miniature est logiquement composée ; le mot ne fait pas de pieds de nez au sens ; et ce procédé choque moins que les contorsions auxquelles les Goncourt condamnent, pour les rendre expressives, leurs périodes désarticulées. Parfois cependant Jules Renard en use sans nécessité, ce qui ramène alors son style, organisme vivant, à un mécanisme.

Autant que la forme des phrases, la nature des images est caractéristique du style de Jules Renard. Presque toujours il transpose une sensation visuelle en une image visuelle, celle-ci, à l'encontre du but que se propose d'ordinaire une métaphore, n'étant pas nécessairement plus générale que celle-là. Elle n'élargit point l'horizon. Jules Renard ne cherche point à évoquer, autour de l'arbre qu'il décrit, la forêt immense où se répercute l'écho. Il ne se soucie pas de choisir les mots qui, dans l'esprit du lecteur, auront un retentissement mystérieux, éveilleront le souvenir, susciteront le rêve. Non. Il prend dans sa main deux petits cailloux qu'il jette brusquement sous nos yeux ; et plus l'analogie entre les deux petits cailloux est lointaine, tout en demeurant évidente une fois distinguée, plus leur rapprochement est inattendu, plus Jules Renard se montre satisfait.

Des images, on en cueillera d'innombrables tout au long des *Histoires naturelles*. Voici la poule :

> ... Elle lève haut ses pattes raides, comme ceux qui ont la goutte. Elle écarte les doigts et les pose avec précaution, sans bruit.
> On dirait qu'elle marche pieds nus.

Ce dernier trait suffit. Et pourtant, qui aurait cru que, pour rendre mieux visible la démarche d'une poule, il faudrait comparer ses pattes légères à des pieds humains ? Mais voilà justement l'un des moyens les plus familiers à Jules Renard et l'un des secrets de son ironie. Il ramène les animaux à l'humanité, non pas en leur attribuant, selon la manière de La Fontaine, nos actes et les mobiles de nos actes, mais en décrivant les leurs comme s'il s'agissait des nôtres. Regardez la cane qui s'avance « comme à un rendez-vous d'affaires », la dinde qui « ne sort jamais sans son ombrelle ». L'esprit de Jules Renard n'est souvent qu'un esprit de mots. Une locution familière suggère tout le petit poème de la pintade,

« qui ne rêve que plaies à cause de sa bosse », ou du porc qui, criblé de grêlons, grogne : « Encore leurs sales perles ! » Le paon, dans cette mythologie rustique, devient un personnage officiel, toujours en costume de gala ; le cheval a des incisives d'anglaise ; la sauterelle est le gendarme des insectes, et les violettes sont toutes officiers d'académie. Désormais, il vous arrivera de sourire, dans vos promenades, au souvenir de ces comparaisons imprévues. Certaines sont forcées. On y sent trop l'artifice, le labeur accompli en vue du trait qui vient, typographiquement, à la fin d'un morceau, mais qui, dans la réalité, en précéda et en commanda la composition. Je n'aime guère cette rose qui accueille la chenille comme un cadeau et qui, « pressentant qu'il fera froid cette nuit, est bien aise de se mettre un boa autour du cou ». Mais ailleurs, comme Jules Renard sait achever, à l'aide des mots les plus simples, un petit tableau merveilleux de fine observation :

LE CHAT

Le mien ne mange pas les souris ; il n'aime pas ça. Il n'en attrape une que pour jouer avec.

Quand il a bien joué, il lui fait grâce de la vie, et il va rêver ailleurs, l'innocent, assis dans la boucle de sa queue, la tête bien fermée comme un poing.

Mais, à cause des griffes, la souris est morte.

Si la nature n'est plus s .lement, dans les livres,
un thème de déclamation, nous le devons pour une
grande part à Jules Renard. Il a su la regarder sans
en être ébloui, s'y promener sans tomber à chaque
pas dans le délire panthéiste, en parler sans emphase.
Il ignore la stupeur qui envahit le boutiquier parisien
dès qu'il passe les fortifications. Il aime la campagne
avec familiarité, un peu à la manière des paysans qui
vivent d'elle et ne songent guère cependant à chanter
ses louanges. Il ne la revêt pas des couleurs de l'imagination; il s'applique à la peindre minutieusement
telle qu'elle est, car c'est la réalité qui l'intéresse, et
non pas son imagination. Quand elle est laide, il
raille. Quand elle est belle, il laisse entendre, sans
entasser d'inutiles épithètes, qu'il l'a trouvée belle.
Le sentiment de la nature lui inspire des pages comme celle-ci :

UNE FAMILLE D'ARBRES

C'est après avoir traversé une plaine brûlée de soleil que
je les rencontre.

Ils ne demeurent pas au bord de la route, à cause du
bruit. Ils habitent les champs incultes, sur une source,
comme des oiseaux seuls.

De loin, ils semblent impénétrables. Dès que j'approche,
leurs troncs se desserrent. Ils m'accueillent avec prudence.

Je peux me reposer, me rafraîchir, mais je devine qu'ils m'observent et se défient.

Ils vivent en famille, les plus âgés au milieu et les petits, ceux dont les premières feuilles viennent de naître, un peu partout, sans jamais s'écarter.

Ils mettent longtemps à mourir, et ils gardent les morts debout jusqu'à la chute en poussière.

Ils se flattent de leurs longues branches, pour s'assurer qu'ils sont tous là, comme les aveugles. Ils gesticulent de colère si le vent s'essouffle à les déraciner. Mais entre eux aucune dispute. Ils ne murmurent que d'accord.

Je sens qu'ils doivent être ma vraie famille. J'oublierai vite l'autre. Ces arbres m'adopteront peu à peu, et pour le mériter j'apprends ce qu'il faut savoir:

Je sais déjà regarder les nuages qui passent.

Je sais aussi rester en place.

Et je sais presque me taire.

Nous voici loin, je crois, des extases verbales propres aux romantiques. Il n'y a pas lieu de s'en plaindre.

.·.

Aucune des qualités d'écrivain de Jules Renard ne le désignait pour composer un roman. Celui de ses livres qui y ressemble par le format n'est qu'une suite de notations. C'est l'Ecornifleur, qui demeure le témoin et le fruit des années que Jules Renard

vécut à Paris, littérateur parmi d'autres littérateurs.
Qu'il possédât au plus haut point les vertus et les
défauts du littérateur professionnel, tout l'indique,
et il n'essaye pas de s'en défendre. Il vit pour la litt-
térature; plus exactement, la littérature est sa vie.
A ceux qui en doutent, il suffira de lire, dans le
Vigneron dans sa vigne, le morceau où Jules Renard
prend soin d'attribuer à Eloi, avec qui il ne cache
pas sa ressemblance, toutes les manies de l'homme
de lettres. Eloi considère le monde, ses amis, ses
parents, ses enfants, sa femme et lui-même, comme
matière à copie. Et Jules Renard tantôt semble railler
Eloi, et tantôt l'admirer. Et Jules Renard se moque
de ceux qui blâment Eloi; de sorte qu'il devient gê-
nant, après cela, de blâmer Jules Renard, et qu'il
s'est ménagé, pour ceux qui l'oseraient encore, une
réponse toute prète : « Ce que vous me dites, mais
lisez donc, je le dis à Eloi; vous ne m'apprenez
rien », précaution que bien des gens prendront pour
une excuse.

L'Ecornifleur a, lui aussi, l'horrible manie de la
littérature. Entre les choses et lui, il voit toujours les
phrases par lesquelles les choses ont été exprimées
avant lui. Le mots dont il a besoin pour traduire sa
pensée, il ne les tire pas de son propre fonds : toujours un souvenir est là, qui s'offre et s'impose. Jules

Renard connut-il cette maladie ? Est-ce pour s'en
guérir qu'il se soumit à une sévère discipline, qu'il se
contraignit à n'user que d'images nouvelles ou sa-
vamment renouvelées, qu'il dédaigna le moule cou-
tumier de la phrase écrite ? Quant à l'Ecornifleur lui-
même, l'auteur ne dit pas si sa maladie fut profitable
à sa littérature, mais tout prouve qu'elle embarrassa
notablement sa vie.

Dans ce roman comme ailleurs, c'est le détail qui
vaut. L'Ecornifleur, dont le livre est la confession,
n'expose pas en de longues dissertations l'état de ses
sentiments. Il n'en ignore rien cependant, et, par ci,
par là, ue brève indication nous renseigne :

> Il faut l'avouer, je n'avais jamais cru sérieusement que
> l'adultère de Mme Vernet se réaliserait. J'y pensais, j'en
> caressais complaisamment les images; mais il n'offrait que
> la séduction d'une beauté littéraire. Il devait passer, tan-
> dis que nous rêverions. Et voilà que je me trouvais devant
> lui. Il était là, matériel, en chair vivante et palpable.

Et plus loin, dans les bras de sa maîtresse expec-
tative :

> C'est ainsi. Je ne vois pas Mme Vernet; je vois la situa-
> tion que nous nous sommes faite, la vie qui se prépare et
> ses évènements possibles, l'adultère qu'il faudra consom-
> mer.

L'Ecornifleur se raille lui-même, car il se sait ridicule ; mais la pensée qu'il est seul à le savoir suffit à le consoler. L'important à ses yeux, c'est l'idée qu'il parvient à donner de lui-même aux autres, et comme il n'a pas une personnalité bien tranchée, comme il ne possède guère que des fantômes de sentiments, il arrive assez bien à se modeler sur son sosie imaginaire. Tout serait parfait, s'il suffisait, dans la vie, de s'abandonner au gré des évènements ; or, il est des circonstances où l'on se trouve contraint de prendre une initiative. Situation terrible. Mais l'Ecornifleur sait bien comment on se détermine à agir. Ce n'est jamais lui qui saisira aux cheveux, comme on dit, l'occasion qui se présente. On ne le verra pas non plus manifester ses passions avec cette méprisable spontanéité des hommes qui ne sont pas des littérateur. Il envisage toutes les hypothèses possibles. Oh ! l'imagination ne lui manque pas. Il cherche des précédents, car il ne sied point de faire figure d'énergumène. « Quel rôle jouer pour paraître le plus à mon avantage ? » Il construit vingt romans, magnifiques châteaux de cartes pipées. Mais la première intrusion de la vie démolit tout l'échafaudage. L'Ecornifleur ne se démonte pas pour cela. La réalité n'est pas la sœur du rêve, il l'a appris — par cœur. Il dira son fait à la réalité. Cette femme qui, dans sa pen-

sée, ne résistait pas cinq minutes à sa hardiesse de
conquérant, il ne sait plus même, maintenant qu'elle
est auprès de lui, répondre à ses avances? Tant pis,
— pour elle. Qu'elle tâche de comprendre et de respecter son silence. Se peut-il, je vous le demande,
qu'on l'interprète à faux, qu'on y veuille voir l'effet
de l'inexpérience ou de la sottise? Il se tait: quel
penseur! Il ne se presse pas d'agir: quel diplomate!
Et cet admirable cerveau est encore bien plus riche
que vous ne pouvez le soupçonner. Car, tandis que
vous vous efforcez péniblement à pénétrer sa pensée, lui, non seulement il pense ces pensées merveil-
leuses, mais comme il y a au fond de lui un Eloi qui
sommeille, il se regarde les penser. Deux miroirs l'un
en face de l'autre engendrent vingt, cent, mille miroirs. Aussi l'Ecornifleur peut-il se regarder se regarder penser; et s'il ne fait rien, il se regarde se regarder ne rien faire. Et cela l'intéresse infiniment, parce
que l'Ecornifleur estime qu'il n'y a rien de plus intéressant au monde que l'Ecornifleur. L'Ecornifleur est
individualiste. L'Ecornifleur est la suprême fleur de
l'amour de soi.

Jules Renard avait là toute l'étoffe nécessaire pour
créer un type. Je ne crois pas qu'il y ait réussi. Je
ne crois même pas qu'il ait entrevu toute l'ampleur
de son sujet. Ce livre aurait pu constituer une pro-

digieuse parodie. La manie de l'analyse y eût été raillée comme l'imagination de *Don Quichotte,* comme la science dans *Bouvard et Pécuchet.* Mais Jules Renard n'a pas poussé assez loin la psychologie de son personnage, si bien qu'elle semble, par certains côtés, incohérente. Pourquoi fait-il de l'Ecornifleur un pique-assiettes? Cela n'ajoute rien, il me semble, à l'œuvre, qu'un élément de comique facile, et lui ôte de son unité.

Il lui reste d'autres mérites; son ironie a une saveur vraiment inédite. L'observation de Jules Renard ne pénètre pas très avant dans l'âme humaine, mais elle en découvre des aspects que les hommes cachent d'ordinaire, ou que les écrivains négligent. Jules Renard excelle à noter le rapport imprévu du geste à la pensée, les mensonges que l'on fait à soi-même et aux autres, les soucis mesquins qui grignotent, par le dessous, les grands et les graves desseins où nous voulons paraître occupés. Son héros est la proie de tous les petits tracas de la vie. Dépourvus de lyrisme, les personnages de Jules Renard ont un penchant à tout rapetisser; et au moment où l'on attend d'eux la preuve qu'ils possèdent une âme, l'auteur ne manque jamais d'indiquer par la seule notation, quelquefois, d'un tic, qu'ils ne sont que d'absurdes pantins.

Presque tous ressemblent, par quelque trait, à l'Ecornifleur. Tels, dans la petite comédie du *Pain de ménage,* les deux interlocuteurs dont les rares aventures de cœur n'ont pas de dénouement. Condamnés à ne connaître qu'un demi-bonheur, eux aussi *écorniflent* la vie. Jules Renard, en quelques phrases que leur concision rend plus significatives encore, sans une tache, sans une bavure, a montré un sens très fin du dialogue, et beaucoup d'esprit. Il y a de l'esprit aussi, avec une émotion sincère, dans le *Plaisir de rompre.* Il y a de l'esprit encore, et trop, dans *Monsieur Vernet,* qui est une adaptation scénique de *l'Ecornifleur.* Je trouvais peu nette la figure du héros du roman : l'image se brouille davantage si on la regarde tour à tour dans le livre et dans la pièce ; en réalité, l'original n'est plus le même, et tous les autres acteurs semblent exprimer pour une moitié leurs propres sentiments, et pour une autre ceux de l'auteur. Jules Renard ne peut s'empêcher de prêter à chacun de ses bonshommes autant d'esprit qu'il en a lui-même. Ils ne parlent pas le langage qu'impliquerait leur caractère, mais bien celui de Jules Renard. Il faut lire le livre et négliger la pièce.

* *
*

A cause de cet esprit, répandu dans tous ses livres, et qui nous fait sourire, d'un « sourire pincé », comme il le dit lui-même, Jules Renard se vit parfois catalogué auteur gai. Etiquette qui surprend, si l'on pense à la plus connue de ses œuvres : *Poil de Carotte*. Mais quel Poil de Carotte? Celui du livre ou celui de la pièce? Là encore, le caractère du personnage n'est pas définitivement fixé. Des traits attribués d'abord à d'autres individus, quand l'image de Poil de Carotte n'était encore qu'une esquisse dans l'esprit de son créateur, viennent s'ajouter au portrait nouveau. Au reste, il en va ainsi dans la plupart des œuvres de Jules Renard, et tel nom que l'on retrouve en passant de l'un à l'autre de ses livres ne parait pas toujours désigner, ici et là, une même personne. Les héros prennent corps peu à peu, par petits fragments accumulés. Il semble qu'on ne les voie jamais tout entiers, d'un regard qui embrasse les trois dimensions de l'espace; leurs gestes si précis sont les extrémités minutieusement sculptées d'un bloc de pierre brute qui se confond avec le sol. Pour qu'elles puissent s'avancer et prendre leur rang dans la théorie des grandes figures littéraires, il manque à celles-ci je ne sais quelle mystérieuse impulsion. La plus vivante est celle de Poil de Carotte, parce que là, Jules Renard disposait, comme éléments, des souvenirs de son enfance, et que les souvenirs d'enfance sont toujours d'un grand prix pour les bons égoïstes.

Poil de Carotte, que sa mère maltraite, s'apparente très étroitement à l'*Enfant* de Jules Vallès. S'il faut reconnaître à Jules Renard un ancêtre littéraire, c'est celui-là. Les styles des deux écrivains ont des analogies évidentes, celui de Vallès étant plus spontané, celui de Renard plus conscient. Ni l'un ni l'autre de ces romanciers ne s'occupe du développement intellectuel de l'enfant qu'ils nous présentent : cela importerait, pourtant, au même titre que ses goûts, ses rancunes, ses haines, ses manies. Enfin on rencontre, dans les deux livres, des anecdotes identiques. Dans la pièce, Jules Renard est contraint de nous montrer un Poil de Carotte plus cohérent, parmi des circonstances qui s'enchaînent selon une logique aisément perceptible. Poil de Carotte, comédie, reste donc l'œuvre la plus achevée de Jules Renard. Quelques « mots » en paraîtront peut-être artificiels, placés dans la bouche d'un enfant ; mais, de même que leurs mères les voient plus jeunes, nous avons une tendance à voir les enfants plus simples qu'ils ne le sont.

Ici, l'impression du spectateur est bien nette ; l'équivoque, possible à propos du livre, se dissipe devant la
pièce. Il n'est plus question d' « auteur gai ».

Poil de Carotte attriste et émeut. Tristesse et émotion qui naissent au spectacle de l'isolement de chaque être au milieu des autres êtres. Les hommes
vivent côte à côte et ne se connaissent pas. Dans la
famille de Poil de Carotte, M. Lepic et sa femme,
M\ Lepic et son fils, sont étrangers les uns aux
autres. Se haïssent-ils ? Ils finiront par se haïr à force
de s'ignorer, et c'est cela qui est poignant. Il suffirait
peut-être d'un mot, d'un geste, pour rompre la glace ;
mais personne ne bougera, personne ne parlera. Chacun se cantonne dans ses droits, se retranche derrière les griefs qu'il a ou croit avoir contre l'autre ;
et nul ne fera le premier pas sur le terrain adverse,
ni n'essaiera de quitter son point de vue habituel afin
d'adopter pour un instant celui de l'ennemi et de
s'entendre, chacun regardant tour à tour par les deux
bouts de la lorgnette, sur les dimensions réelles de
l'objet du litige. Il y a toute une classe de gens, plus
assez naïfs et pas encore assez affinés, pour qui la
grande affaire est de savoir s'exprimer. Chez eux,
combien de querelles et de malentendus seraient
promptement terminés, s'ils étaient sûrs d'avoir à
leur service un langage aussi aisé, aussi nuancé que

celui des acteurs sur le théâtre ! Une occasion excep-
tionnelle permet à Poil de Carotte de « s'expliquer »
avec son père ; mais s'ils la laissent échapper, ils ne
la retrouveront pas. L'émotion leur fait peur ; les
discours sentimentaux ne composent pas l'ordinaire
de leur vie. Les comédies de Jules Renard marquent
des minutes furtives où deux sensibilités battent
d'accord.

Il semble que Jules Renard, à mesure qu'il pour-
suivait son œuvre littéraire, y mettait plus d'humanité
et moins de littérature. Son amour des champs fut
bienfaisant, qui l'éloigna de Paris. Il échappa de la
sorte à la sécheresse et, regardant le monde d'un œil
moins prévenu, en comprit mieux la beauté énigma-
tique et grave. Certes, il considéra toujours l'univers
comme une ménagerie, et les hommes comme des
animaux bien curieux. Mais nul doute qu'à vivre au
milieu d'eux il ne finit par aimer les pauvres et les
simples. C'est pourquoi il lui fut donné de savoir
pénétrer leurs pensées, mesurer leurs douleurs et
leurs joies. Nous ne trouverons pas chez lui le
« laboureur sensible » cher à tous les utopistes. Ses
paysans sont de vrais paysans, dont il ne cache ni
l'âpre cupidité ni la ruse.

Ils ont leurs laideurs et leurs vices. Mais avec un
art où il est inimitable, Jules Renard dispose tout

cela dans le plan de la nature fertile, elle aussi, en laideurs. Quand il décrit « nos frères farouches », il déploie une adresse merveilleuse pour nous faire participer à leurs rudes sentiments, tout en conservant le détachement nécessaire à l'émotion esthétique. Il faut comparer cet art à l'art grossier d'un Zola, pour bien apprécier dans *Ragotte*, par exemple, des pages pleines d'une pitié à laquelle on peut s'abandonner sans déchoir.

Un pélerin d'Angkor [1]

Combien M. Pierre Loti a raison, quand il dit l'importance de nos impressions enfantines, et leur influence sur notre destinée ! Nous avons dans nos jeunes années une puissance de sensibilité que la vie, sauf en des cas très rares, émousse toujours ; et beaucoup d'hommes mûrs ont dû penser quelquefois que, pour devenir poètes, il leur suffirait de redevenir enfants. M. Pierre Loti, au terme de son dernier volume, se retourne vers son printemps, et ces pages m'ont ému d'autant plus, que le souvenir des lectures de Loti est uni dans ma mémoire aux images de mon enfance. Depuis ce temps, et aux heures où le sens critique passe une revue sévère de nos admirations, je fus souvent tenté de me déprendre de cette littérature. On trouverait tant d'arguments contre elle, dans l'arsenal esthétique ! Mais j'ai remis mes armes

(1) *Un Pèlerin d'Angkor*, par Pierre Loti. Calmann-Lévy, éditeurs.

au râtelier,, pour ne point effrayer des fantômes bien chers. Les livres de M. Pierre Loti évoquent pour moi le petit garçon à qui, jadis, ils furent le prétexte de rêveries interminables. J'en ai lu le plus grand nombre à treize ou quatorze ans, au lycée, pendant les classes d'allemand ou de mathématiques. C'est pourquoi j'ignorerai toujours la langue de Gœthe et les éléments de la géométrie plane. C'est pourquoi aussi ces livres me procurent une double émotion, puisque, en même temps qu'ils arrachent ma pensée à son décor habituel, et qu'ils la répandent sur la surface de l'immense univers, ils la reportent invinciblement vers ce point minuscule que fait, dans l'ensemble des choses, l'âme d'un petit garçon obscur et silencieux.

Que reste-t-il à dire sur Pierre Loti? Chacun de ses livres ressemble incroyablement aux autres, et pourtant on les lit sans se lasser. Le dernier nous transporte au fond des forêts du Siam et dans le palais du souverain du Cambodge. Quelques journées de marche à travers la brousse, ou de navigation parmi l'enchevêtrement des grands arbres noyés, une visite au temple ruiné d'Angkor, dont il éprouvait l'attrait dès sa plus lointaine enfance, il n'en faut pas davantage à M. Pierre Loti pour nous faire retrouver l'enchantement que nous causèrent ses précédents ouvrages. C'est toujours ce style dont on ne peut expliquer le miracle, ce style au vocabulaire très restreint, mais dans lequel les mots les plus simples, les épithètes les plus vagues, et telles que beaucoup d'écrivains n'oseraient les employer, acquièrent soudain, on ne sait pourquoi, une puissance d'évocation inconnue. Et c'est toujours cette mélancolie de Loti, faite du sentiment de notre infimité, de pessimisme, de panthéisme, d'invincible nostalgie...

Il y a un sortilège dans les pages de Loti, et peut-être un poison. Je n'en sais pas de plus propres à inspirer le dégoût de l'action. On en retire une sensation de vie ralentie et comme diffuse, on y voit l'âme qui se désagrège et s'abandonne... Pourquoi aimai-je tant chez lui ce que je détesterais chez d'autres? Peut-être parce que Loti, c'est l'absolue sincérité, parce qu'il n'y a pas là d'attitude intellectuelle. Qu'importe? J'aime jusqu'à ce goût qu'il a des choses mortes, jusqu'à sa curiosité des monuments du passé où il cherche, non pas le sens de l'éternel, non pas les germes du futur dans les cendres du passé, mais seulement des prétextes à sa voluptueuse tristesse, des témoignages de l'universelle vanité.

Un Pèlerin d'Angkor nous apporte cependant quelque chose d'un peu nouveau. En fait de philosophie, Loti n'a guère jamais apprécié que Shopenhauer,

dont les idées s'accordent assez bien au bouddhisme
naturel de Loti. Loti, par ailleurs, ne s'est jamais
occupé de religion. Ce que les mystiques cherchent
dans l'infini de la divinité il le trouvait dans l'infini
de l'espace et du temps. Mais voilà qu'il a parcouru
les continents et les mers, et ce double infini lui paraît
singulièrement étroit. Le grand voyageur se prend à
murmurer : alors, vraiment, ce n'était que ça, le
monde ? ce n'était que ça, la vie ?... Triste constatation. « Avoir été un enfant pour qui le monde va
s'ouvrir, avoir été celui qui vivra, et ne plus être que
celui qui a vécu ! »

Et cependant, ajoute-t-il, de cette vie si brève, éparpil-
lée par toute la terre, j'aurai retiré quelque chose, une
sorte d'enseignement qui ne suffit pas encore, mais qui est
déjà pour apporter une ébauche de sérénité.

Cet enseignement, c'est celui que donnent tant de
lieux d'adoration répandus sur la surface du globe,
et tant de prières et de supplications qui s'élèvent des
âmes les plus diverses. Pierre Loti est tout près de
croire à l'existence d'un Dieu, et d'un Dieu qui ne
saurait être qu'un Dieu de pitié. Je cite les dernières
lignes de ce volume, qui contient certainement quelques-unes des plus émouvantes pages de Loti :

La Pitié suprême vers laquelle se tendent nos mains de
désespérés: il faut qu'elle existe, quelque nom qu'on lui

donne; il faut qu'elle soit là, capable d'entendre, au moment des séparations de la mort, notre clameur d'infinie détresse, sans quoi la création, à laquelle on ne peut raisonnablement plus accorder l'inconscience comme excuse, deviendrait une cruauté par trop inadmissible à force d'être odieuse et à force d'être lâche.

Et, de mes pèlerinages sans nombre, les futiles ou les graves, ce faible argument si peu nouveau est encore tout ce que j'ai rapporté qui vaille.

Argument peu nouveau sans doute, et banale histoire, que celle de cette âme qui reconnaît en elle-même un infini plus vaste que le double infini de l'espace et du temps. Argument peu nouveau, mais d'une grande valeur, puisqu'il ne s'agit pas là d'un raisonnement d'école, mais d'une de ces « expériences » où les philosophes d'aujourd'hui voient la source de toute vérité.

M. André Hallays [1]

J'allais intituler cet article : « Un bon Français, André Hallays. » Un scrupule m'a retenu.

N'y aurait-il pas, à louer un écrivain pour la qualité de son patriotisme, quelque maladresse, et quelque indiscrétion à lui faire un mérite d'un sentiment si naturel ? C'est un signe bien attristant du désordre des esprits, que de les voir reprendre sans cesse l'examen des vérités les plus simples et dont l'acceptation tacite est nécessaire à la dignité comme à l'agrément des relations humaines. Que vaut la politesse, si elle n'est pratiquée avec aisance, et de telle sorte que l'obéissance à ses lois paraisse réclamer moins d'effort que n'en exigerait la soumission à de grossiers instincts ? De tous nos attachements, les plus intimes, les plus doux, sont peut-être ceux dont nous ne prenons

---

[1] *Les Idées, les Faits, les Œuvres.* — *Autour de Paris.* — *Le Pèlerinage de Port-Royal.* — *A travers l'Alsace.* — *En Touraine* (Librairie Perrin).

même pas souci de nous aviser, ceux en tous cas dont nous rougirions de parler. Sans doute la passion amoureuse ne s'entretient qu'en s'exprimant et s'exalte à se déclarer ; mais l'affection de deux amis, d'un père pour son fils ou d'un enfant pour ses parents, ne se traduit dans la vie courante que par allusions. C'est là matière délicate où l'on s'entend à demi-mot, et sur quoi l'on ne saurait insister sans offenser gravement la pudeur sentimentale. Il en va du moins ainsi dans la plupart des familles françaises qu'il m'a été donné d'approcher : et ce n'est pas ma faute si elles ne ressemblent guère à celle que nous présentent certains auteurs dramatiques contemporains. Au sentiment patriotique, qui est une amitié plus étendue, convient une pudeur particulièrement minutieuse. Pour quiconque est de chez nous, le patriotisme, c'est, avant tout, un chapitre de la politesse.

Pouvais-je, après cela, féliciter brutalement M. André Hallays d'être un bon Français ?

Et pourtant, dans ma pensée, ces mots perdaient leur air d'impertinence, et tendaient seulement à rapprocher M. André Hallays de quelques écrivains de notre temps vers qui vont notre goût et notre confiance. Ces autres bons Français ne s'occupent pas tous de politique ; ils ne font pas nécessairement pro-

fession explicite de patriotisme : ce sont quelques
poètes, critiques ou romanciers. Me trompé-je ? Je
crois qu'un jeune homme d'â présent, à ses débuts
dans la vie intellectuelle, se trouve mieux armé que
ses aînés pour échapper aux sollicitations de la bar-
barie. Beaucoup de nuées ont été dissipées ; beaucoup
d'idoles auxquelles leur étrangeté, leur mystère,
comme on disait, composait une sorte d'auréole, ont
été renversées, ou bien, pressées de toutes parts, ont
dû confesser leur imposture. Nous avons assisté à un
heureux renversement des termes, et le ridicule s'attache aujourd'hui aux opinions dépravées : c'est l'anormal que nous estimons banal. Il faut se rappeler l'état
d'esprit de la génération « symboliste » pour apprécier celle qui se plaît aux comédies de Lemaître, aux
études de Maurras, aux romans de Boylesve, aux
Flâneries d'André Hallays.

⁎
⁎ ⁎

Celui-ci connaît la bonne fortune de faire œuvre
utile rien qu'en suivant son inclination, ce qui n'est
permis qu'aux esprits justes et aux cœurs droits.
Chaque semaine, M. André Hallays raconte, dans le
Journal des Débats, une excursion qu'il a faite en

quelque région de la terre française ; et ces articles, réunis en volumes, forment un inventaire de toutes nos richesses, un inventaire qui révèle non seulement l'existence des objets, mais leur charme essentiel, leur aspect, leur parfum, leur pouvoir de suggestion. Le même sentiment nous accompagne à parcourir les pages d'un de ces livres, ou à traverser les salles d'un vieux château qui y est décrit ; le même souvenir nous en reste. Les paysages où l'écrivain se complait et s'attarde, c'est pour nous qu'ils furent créés lentement, par la nature et par les hommes. O double attrait de la surprise et de l'habitude, douceur de reconnaître, sous les voiles divers du passé, un visage unique et familier ! Ici la mélancolie qui nous touche n'a rien de douloureux ; notre esprit n'est pas suspendu au-dessus du vide, et une impression de sécurité soutient notre rêverie. Nous pouvons vagabonder dans ce parc : nous en connaissons la limite.

Je ne parlerai pas du tout du talent littéraire de M. André Hallays. Je citerai une page de lui ; cela suffira.

« Sur un immense horizon, Senlis dresse la flèche de son ancienne cathédrale. Ce clocher est le plus svelte, le plus élégant, le plus harmonieux que nous ait donné l'art gothique. Il s'élève d'un essor si magnifique et si parfaitement rythmé qu'au premier coup

•

d'œil on dirait un jeu de la nature ; il semble vivant de la vie même du ciel, des nuées et des corneilles. Cette aisance souveraine, cette chaude beauté, sont pourtant l'ouvrage du temps et des hommes. Un architecte de génie a médité ce plan miraculeux, proportionné avec cette infaillible justesse l'élévation des étages, distribué les jours et les pleins, inventé les clochetons aigus et les grêles colonnettes qui flanquent l'édifice, effilent la structure, précipitent son élan et rendent insaisissable l'instant où la tour carrée se transforme en une flèche octogone, si bien que la pyramide extrême semble jaillir d'une longue corolle. Puis les siècles ont mis sur les pierres l'or pâle des mousses et ont achevé le chef-d'œuvre. »

M. André Hallays connaît bien et aime l'Ile-de-France, « cette région où la France s'est découvert une destinée, une langue et un art. » Il comprend et aime aussi l'Alsace, à laquelle un de ses livres est consacré. Ce rapprochement a sa raison. Si la première de ces contrées peut être dite le cœur de la France, l'autre n'a pas un rôle négligeable dans l'économie de ce grand corps. Or, dans ses promenades, M. André Hallays n'est point guidé seulement par des soucis d'archéologue. Sa joie, il nous le dit, est de découvrir tout ce qui dans la France d'aujourd'hui

révèle la grandeur et le charme de la France d'autrefois.

A chaque pas il rencontre des fantômes, et pour
un instant il leur rend l'existence. Il les replace dans
les lieux où ils ont vécu, et qui s'animent à leur tour.
On constate alors la prodigieuse variété de caractères
ou d'événements qui se cachent sous ce mot abstrait:
le passé. Il faut redire, puisqu'on l'oublie trop souvent, qu'il n'existe pas un passé, défini une fois pour
toutes, et fixé dans une froide immobilité. A côté de
la succession lente des styles, il y eut le changement
beaucoup plus rapide des idées, des goûts ,des préjugés éphémères, des mœurs et des costumes, de tout
ce qui constitue la vie quotidienne, chaîne infinie dont
les anneaux, de loin, semblent identiques. La tendresse attentive de M. André Hallays sait restituer
à chacun d'eux sa forme et sa couleur.

Le dix-septième siècle, en particulier, duquel ses
études sur Port Royal et ses promenades autour de
Paris l'ont amené à s'occuper souvent, apparaît, sous
la surface majestueuse, extraordinairement agité.
Autant qu'à toute autre époque, on y trouve des
esprits opposés, des âmes effrénées, la confusion, le
désordre et parfois le scandale. La seule différence
avec notre temps (il est vrai qu'elle compte) est qu'en
celui-ci l'anarchie est le fait principal, tandis que les

derniers vestiges d'organisation demeurent cachés. Or il est normal que l'anormal existe, mais désastreux qu'il s'étale au premier plan.

* *

L'œuvre de M. André Hallays est la plus propre à resserrer les amitiés françaises. Celles-ci sont nouées par de communs souvenirs de gloire, mais aussi par des colères partagées. M. André Hallays, qui a fait à plusieurs reprises, pour la sauvegarde de nos trésors, tout ce qui était en son pouvoir, ne peut se défendre de « détester de tout son cœur les malfaiteurs qui s'acharnent à effacer de précieux vestiges ou à détruire de nobles débris, les nigauds du progrès, les ingénieurs sauvages, les brocanteurs rapaces et les pires de tous les barbares, les architectes restaurateurs ». Il a bien compris l'hypocrisie de nos politiciens qui ne cessent de parler d'art et de beauté, tandis qu'ils laissent accomplir, à supposer qu'ils ne s'y emploient pas, la destruction des églises, des jardins et des vieilles demeures. C'est à peu près ainsi que leurs ancêtres, les brutes déchaînées de la « grande » révolution, ne s'arrêtaient de faire tomber des têtes que pour ergoter, après Rousseau, sur la vertu des cœurs sensibles.

Des hommes d'esprit, je le sais, ont raillé ce respect
des monuments anciens et de l'aspect séculaire des
paysages. Ces hommes d'esprit ressemblent fort aux
nigauds du progrès dont parle André Hallays. Eh!
oui, nous aurions le droit d'arracher aux murs rui-
neux leurs pierres, si nous savions en édifier autre
chose que des horreurs. Nos devanciers ne se
gênaient pas pour agir de la sorte, ni pour boule-
verser un jardin afin de l'agencer à leur gré; et s'ils
le faisaient, c'est que confusément ils se sentaient
qualifiés pour le faire. Ils ne craignaient pas les inno-
vations parce que la tradition n'était point pour eux
une notion historique, mais une réalité sensible; ils
ne l'étudiaient pas, ils la vivaient. Nous, au contraire,
corrompus par des influences barbares qui ne trou-
vaient plus en nous une suffisante puissance de réaction, secoués par tous les vents du romantisme ou de
l'exotisme, nous n'entrevoyons la grande voie française que comme une des vingt routes offertes à nos
pas hésitants. C'est lamentable. Ceux qui ont bonne
volonté cherchent, tâtonnent, s'inquiétent. Ils n'osent
plus s'abandonner à leur instinct, de peur qu'il ne
soit faussé. A l'âge où l'on ne songe qu'à s'enrichir,
ils doivent penser d'abord à se dépouiller.

Il ne suffit pas, pour inventer un style, d'en avoir
le désir. Il y faut quelques conditions qui ne se trou-

vent pas réalisées aujourd'hui. Nous en aurons peut-
être un quand nous l'aurons mérité; et je disais en
commençant que cela me semblait de moins en moins
impossible; jusque-là, sachons protéger le dépôt dont
nous avons la garde, et si la joie de créer nous est
refusée, ne laissons pas échapper celle de compren-
d.e. Les livres d'André Hallays nous sort en cela
d'un secours précieux. Et puis, tout dorés qu'ils sont
de la poussière d'un beau passé, ils nous aident à
imaginer un avenir moins sombre.

Jean Lorrain

Il convient de parler avec mesure de Jean Lorrain, en l'honneur de qui on va élever un moument. Il eut le désir de servir l'art; il ne fut pas heureux; il est mort; il eut des amis ou des parents qui ont gardé pieusement sa mémoire: voilà plus de raisons qu'il n'en faut pour que nous évitions, en parlant de lui ou de son œuvre, le ton de la polémique. Pourtant, je voudrais faire quelques remarques sur la légende de Jean Lorrain, telle qu'elle s'établit à travers les articles que je viens de lire et que lui ont consacrés, ces jours-ci, ses admirateurs.

On peut les résumer ainsi:

Jean Lorrain était vicieux, mais il aimait l'ingénuité. Jean Lorrain vivait dans les villes les plus cosmopolites et les plus corrompues, mais il aimait la campagne et la solitude; Jean Lorrain hantait les individus les plus équivoques, mais il aimait tant sa mère; Jean Lorrain ne pouvait se passer de la société parisienne, mais c'était pour mieux connaître ses laideurs et les mieux dénoncer. Bref, sous le masque et le fard, il cachait un visage d'enfant.

On dit tout cela et on s'émeut. Et il est possible que tout cela fût vrai, mais si vous voulez mon sentiment, je vous dirai que cela ne m'émeut pas, et que l'émotion que certains y trouvent me paraît d'une qualité tout à fait basse, feuilletonesque et bébête.

Le personnage « mauvaise tête et bon cœur » ne me plaît guère, hors des romans de Mme de Ségur. Si Jean Lorrain fut tel que nous le peignent de maladroits fidèles, il y aurait lieu de le mépriser cent fois plus que s'il eût été complètement corrompu. Il n'existe qu'une esthétique morale, il n'existe qu'un devoir pour l'homme supérieur : réaliser les plus hautes ambitions qu'il découvre en soi. Si Jean Lorrain fut toute sa vie possédé de ce grand désir de pureté dont on nous parle, et s'il ne parvint pas à accorder ses actes et ses aspirations, c'est une preuve de faiblesse ou de paresse ; en tout cas, le signe d'un défaut de virilité. Si, enfin, cette impuissance était motivée par la complaisance qu'il éprouvait à l'égard du personnage inquiétant que l'on avait accoutumé de reconnaître en lui, et auquel allait le succès, c'est la marque du vice le plus laid, le plus plébéien : la vanité.

Dieux ! que ce caractère compliqué, à en croire les thuriféraires de Jean Lorrain, apparaît donc simple ! Jean Lorrain avait un cerveau assez faible, incapable de logique, d'observation attentive et de méditation. Je n'en veux pour preuve que le petit livre publié récemment par M. Denys Amiel, et qui devait nous livrer l'essentiel de la pensée de l'écrivain (*La Nostalgie de la Beauté*). C'est lamentable. En soixante pages, il n'y a pas une idée. Une tête si vide offrait une proie facile à toutes les erreurs qui étaient reines, vers 1890 : faux style, faux art, fausse profondeur et même fausse corruption. Oui, le « cas » Jean Lorrain est extrêmement simple. Jean Lorrain fut la victime d'une esthétique défectueuse : à l'origine de bien des maux, on trouverait ainsi un raisonnement faux.

Mais laissons les amis mal avisés défendre l'homme : parlons un peu de son œuvre. Un premier point : Jean Lorrain pensait mal, il devait mal écrire. En effet. C'est à la syntaxe que se reconnaît le mieux la force ou la faiblesse d'un esprit, et le style de Jean Lorrain manque de syntaxe. En retour, il possède la plupart des qualités que l'on pourrait appeler passives : le pittoresque, une certaine harmonie, le pouvoir d'évocation.

Je me sens incapable de lire d'un bout à l'autre les aventures de *Monsieur de Phocas*, et je crois que beaucoup de jeunes gens, aujourd'hui, sont dans le même cas. Mais *Monsieur de Bougrelon* est un livre

charmant. Il faudrait vraiment renoncer à nous
émouvoir avec la légende de Jean Lorrain, renoncer
même à vanter la plus grande partie de son œuvre,
et avouer, seulement, ceci : l'œuvre n'est jamais indé-
pendante de l'homme, et comme l'homme chez Lorrain n'était pas très noble, les deux tiers de son œuvre
sont détestables. Mais dans quelques pages de poésie,
les tares de son esprit pouvaient ne point trop apparaître, et ses qualités pouvaient trouver leur emploi.
C'est pourquoi nous avons *Monsieur de Bougrelon*.
Et j'ajouterai : quelques poésies délicieuses. Je me
rappelle cinq strophes, lues il y a bien longtemps, que
j'aime beaucoup, et qui contiennent pour moi toute
la douceur des paysages d'hiver, toute la nostalgie
du Nord :

> Neighilde au loin parfois voyage,
> Un traîneau doublé de frimas
> L'emporte au-dessus des nuages, ·
> A travers de meilleurs climats.
>
> Les grands loups assis dans la neige
> Hurlent au coin du bois désert
> Et les corbeaux lui font cortège,
> Criant la faim, criant l'hiver.
>
> A travers le vent, les bourrasques
> Elle va, de ses doigts gelés
> Cueillir les grandes fleurs fantasques
> Dont les carreaux sont étoilés.

L'enfant couché dans la mansarde
Transi de peur entre ses draps
Croit que Neighilde le regarde:
Elle ne le voit même pas.

Elle est là-bas, dans la Norvège,
Là-bas, bien au delà des mers,
Dans l'éternel palais de neige
Où dorment les futurs hivers...

Me trompé-je? Ces vers sont de ceux devant lesquels on admettrait presque la théorie de Rimbaud sur la couleur des sons. Leur harmonie feutrée me fait songer irrésistiblement au bleu glacé des ciels qui s'étendent au-dessus des champs de neige. Images errantes, vagues suggestions: c'est où peut triompher une sensibilité mal ordonnée. Est-ce cela que l'on dira, autour du monument nouveau? On pourra ajouter que Lorrain, s'il eut passagèrement une influence haïssable, n'a point de postérité. Et, de ce monument, on devra graver l'image à la fin d'un des plus mauvais chapitres de notre littérature, le chapitre où l'on ne trouve que des « artistes », au lieu d'hommes.

Un roman bourgeois [1]

Comme on admet généralement que la critique est un genre inférieur, je n'irai pas faire à M. René Boylesve grand compliment des trois ou quatre pages de préface qu'il a mises à son nouveau volume, car il s'y montre critique, et critique éminent, quoique critique d'occasion. Quand parut *La Jeune Fille bien élevée*, on discuta longuement sur les intentions de l'auteur, que trop de méprises agacèrent. C'est pourquoi, publiant une suite à ce livre, il a tenu, pour écarter de fausses interprétations, à préciser sa conception du roman. Et c'est la théorie même du genre qu'il vient de formuler. Elle tient en trente lignes, que je voudrais citer ici. Mais à qui ferai-je croire que trente lignes de critique peuvent porter l'empreinte du génie et provoquer l'enthousiasme, ou ce

---

(1) *Madeleine jeune femme* (roman faisant suite à la *Jeune fille bien élevée*) Calmann-Lévy, éditeur.

frisson spécial qui accompagne la découverte du vrai dans l'ordre de l'intelligence aussi bien que dans l'ordre de la sensibilité? Qu'importe que M. René Boylesve, en quelques phrases lumineuses, ait établi le rapport exact et tant cherché entre le caractère « objectif » et le caractère personnel d'une œuvre d'imagination, entre l'intuition que nous prenons d'une réalité étrangère à nous « et cette *direction*, sensible en toutes les belles œuvres, intérieure et voilée souvent plutôt qu'ostensible, et qui est moins le résultat d'une délibération que l'ordre secret du génie ». Tant de perspicacité, et cette divination des lois de la pensée m'enchantent, mais c'est de la critique, n'est-ce pas, et la critique est un genre inférieur. Je ne vous eusse même point parlé de la préface de *Madeleine, jeune femme*, si M. René Boylesve, en indiquant sa conception idéale du roman, n'avait du coup simplifié ma tâche, et défini son œuvre elle-même.

« Un roman, dit-il, est un miroir magique où la vie, trop vaste pour la plupart des yeux, vient se refléter en un raccourci saisissant. Que le romancier ait le pouvoir de faire apparaître cette image, c'est assez. A elle de parler ». Et encore: « Une invitation à réfléchir sur la vie, longuement, profondément s'il se peut, et fût-ce avec amertume et difficulté, voilà la seule morale propre au romancier, et la limite extrême qu'elle peut atteindre pour ne point entamer la force du genre ». Les romans d e M. René Boylesve illustrent à merveille ces justes propositions, et *Madeleine, jeune femme,* plus qu'aucun autre.

La plupart des romans de nos petits-maîtres, et même de ceux qui passent pour grands, s'offrent à nous sous des dehors éclatants, parés des oripeaux à la mode, frisés, fardés. Il s'agit de raccrocher le lecteur, et tous les moyens sont bons. On prendra soin que le livre l'entraîne dans un monde où son imagination se plait, et que tous les personnages tiennent, on pas les discours où les porte la nature, mais ceux qu'exige l'élégance. Ah ! que je serais content si ce lecteur-là se lasse des premières pages du roman de Boylesve ! Et quelle chance y a-t-il que Madeleine, cette jeune fille bien élevée, et mariée, bien ou mal, à un petit architecte, intéresse les gens du bel air ? Il leur faudrait, pour poursuivre la lecture du livre, savoir faire confiance à la vie, savoir que toute âme a son secret, des réserves d'émotion et de beauté. Mais ce secret, notre petite provinciale ne le connaît pas encore ; ces puissances d'émotion et de beauté reposent au fond d'elle-même, inconnues d'elle-même, comme une nappe d'eau que le lent travail de la douleur fera sourdre plus tard en un jet magnifique. Un commerce assidu est nécessaire pour voir clair dans les âmes, dans celles du moins qui gardent quelques richesses, et qui sont dignes de cette attention. Ainsi le journal de Madeleine paraît d'abord assez monotone et nu, tout comme la province, dont la jeune femme, devenue parisienne, garde la marque, et qui ne se livre pas au premier regard.

Tout cet admirable roman est de la sorte rempli d'harmonies que le lecteur pressé ne prendra pas la peine d'apercevoir ; tout y est ordonné par rapport à Madeleine ; c'est sa vision qui crée les personnages et le décor. Reconnaissons ici le trait caractéristique du véritable romancier. Pas un instant, nous ne cessons d'avoir la sensation du vrai, ni ne se dément le miracle de sympathie grâce auquel l'auteur peut nous donner non pas une transposition, mais l'expression directe de la pensée et des rêves de son héroïne. Madeleine tout entière se révèle dans les gestes qu'elle accomplit ; son passé, sa vie actuelle et jusqu'aux mouvements incertains qui se préciseront plus tard, viennent tour à tour ou simultanément tracer le dessin de ses actes, en sorte qu'ils s'éclairent les uns par les autres, que chacune des parties du livre, si belle qu'elle soit en elle-même, ne prend tout son sens que par rapport à l'ensemble, et qu'enfin le roman appa-

rait, à l'image même de la vie, comme une grande
fresque mystérieuse où les projections de la conscience déterminent de brusques illuminations.

Quand un romancier a atteint à une si sûre intuition des réalités de l'âme, il peut choisir n'importe
quels personnages et les placer où il lui plaît : jamais
il n'écrira rien de banal. Qu'est ce jeune M. Juillet,
à la conversation de qui notre provinciale trouve tant
d'agrément ? Peut-être un petit normalien assez insignifiant. Mais le romancier se soucie bien moins de
le montrer tel qu'il est en réalité, que de nous faire
connaître le portrait qui se forme de lui dans l'imagination de la jeune femme. M. Juillet y devient un
homme très compliqué et très mystérieux — et que
cela est donc bien observé ! C'est une grande affaire
que vivre, et vivre en société. Dans le moment que
nous cherchons ce que nous sommes nous-mêmes,
nos voisins l'ont déjà cru trouver, et notre existence
réelle, notre existence personnelle n'est rien, auprès
du retentissement qu'elle a chez autrui. Si peu capables que nous soyons quelquefois d'éprouver de grandes souffrances ou de grandes joies, nous représen-
tons pour ceux qui nous approchent des possibilités
presque infinies de joies ou de souffrances : il y a là
de quoi faire réfléchir, et nulle réflexion n'est plus
propre à nous révéler toute la gravité de la vie.

L'amour naissant, et qui n'aboutit pas, de Madeleine et de M. Juillet est peint en quelques pages que l'on peut égaler aux chefs-d'œuvre du roman psychologique. Chez la jeune femme, qu'une éducation traditionnelle a dotée d'une vie intérieure intense, la passion s'épanouit largement, pénètre tous les replis de l'âme et s'y achève, pour employer l'expression de Mallarmé, « en maint rameau subtil ». La subtilité, chez M. René Boylesve, ne diminue pas la précision ni la clarté. L'habitude de la méditation, et peut-être même la nécessité de rechercher les péchés à confesser, ont accoutumé la petite fille à l'analyse, et voici comment, devenue femme, elle explique le besoin qu'elle a de parler de l'être qui occupe sa pensée :

J'avais eu un si extraordinaire plaisir à confesser que j'étais ornée par l'enseignemnt de M. Juillet, que cette joie ne se laissait pas traverser. Un instant, l'idée m'était venue, qu'il y avait de ma part quelque inconvenace à parler de M. Juillet à ma grand'mère et à maman; mais soudain, une autre idée avait pris la place, à savoir que je purifiais ce sujet, au contraire, en y touchant en présence de ma grand'mère et de maman!... Habitude d'enfance, rejet de responsabilité sur les personnes plus dignes... Un peu plus tard, j'aurais pu me dire, le cas échéant, pour calmer ma conscience, si elle s'alarmait: « Monsieur Juillet! Mais je parle à cœur ouvert de lui avec ma grand'

mère et maman! » Sophismes, petites lâchetés, subtilité
d'un esprit qui ne va plus droit son chemin ».

S'il ne va plus droit son chemin, c'est que le monde
parisien offrait un terrain peu propice aux germes
qu'une éducation idéaliste avait déposés dans cet
esprit. Ce monde-là, le journal de Madeleine nous y
introduit, car le livre de Boylesve, en même temps
qu'un roman psychologique, est un roman de mœurs.
Une époque y est fixée, et c'est celle où notre pays
s'établit définitivement dans le provisoire ; une société
y est décrite, cette société où l'anarchie intellectuelle,
privilège jusque-là des hautes classes, commence de
gagner les autres. Madeleine, transplantée de Chinon
dans le Paris de l'Exposition universelle, y ferait un
peu figure de religieuse sécularisée, si elle ne possé-
dait une intelligence très souple et un très sûr instinct de la mesure. Néanmoins, les plaisirs où l'en-
traînent son mari et sa nouvelle famille satisfont
mal les aspirations que la religion et la musique
avaient fait naître chez la « jeune fille bien élevée ».
L'amour y répondra-t-il mieux? Hélas! la jeunesse
à la f·· bourgeoise et mystique qu'a eue Madeleine
l'empêche tour à tour de se plaire aux médiocres
amusements de la vanité, et de céder aux penchants
de sa sensibilité. Quand M. Juillet lui avoue son
amour et qu'au fond d'elle-même tout son cœur se

trouble, c'est l'âme ancestrale, l'âme austère que des générations de femmes irréprochables ont formée, qui transparait sur son visage. Et toute pantelante et prête à succomber, elle semble, aux yeux de son amant, revêtue d'une armure invincible. Madeleine est de celles que l'on respecte, même malgré elles; c'est une mère, c'est une épouse. Mais elle n'est plus tout cela avec ingénuité, et elle le sait:

> Je viens du fond des temps; je suis une image affaiblie des femmes d'autrefois; je porte en moi le spectre de mes aïeules au point de faire reculer l'amant que mes bras entrouverts appellent, mais je n'ai ni la simplicité, ni la rude foi de ma mère et de la mère de ma mère qui leur ont épargné, à elles, de se demander jamais ce qu'elles étaient...

Que fût-il advenu d'elle, si l'amour ne lui avait pas échappé? et que deviendra sa fille, chez qui la tradition sera plus affaiblie encore? Et que vaut cette tradition qui ne nous permet pas d'atteindre le bonheur et ne sait plus nous bander les yeux pour nous empêcher de le voir? Elle nous donne du moins la force de nous résigner, et l'armure qui tantôt ne servait qu'à nous séparer de notre rêve, apparaît maintenant comme le soutien le plus solide et le plus bienfaisant. A demi ruinée, perdue pour la passion, déçue même dans son affection conjugale, c'est dans cette réserve des sentiments qu'une longue hérédité a déposés en elle que Madeleine trouve la force d'affronter le sort, de renoncer, par un orgueil plus haut, à son orgueil, de se soumettre à la vieille foi, aux vieux devoirs, et de goûter, à s'enfoncer dans la médiocrité consentie, une joie secrète, et ce contentement intérieur où la sagesse veut que nous mettions notre idéal.

L'expérience me ramenait à mon point de départ un peu dédaigneusement abandonné dans la bourrasque que déchaînent les courants d'air de mon temps: sur le chemin de retour où je marchais, ne discernais-je pas ces grandes voix, organes mystérieux, échos d'instruments inconnus, dont le timbre n'a pas d'équivalent parmi ceux de ce monde, dont la musique célébrait la dignité de mon origine, la sainteté de ma destinée, et entre ces deux relais, l'humble beauté de ce que nous ne pouvons pas changer.

Seule sagesse secourable à ceux et à celles que n'a point ravis **la grande** aile de l'amour, et la seule capable de leur **conférer** quelque noblesse.

Aucune analyse ne saurait donner l'idée de la richesse de ce roman. Il faudrait le comparer jusque dans le détail, à *Madame Bovary,* car un rapprochement s'impose tout de suite entre ces livres si différents. Il faudrait surtout expliquer comment l'art infaillible de Boylesve invente la situation, le fait destinés à traduire de façon concrète la vaste méditation morale qui est à l'origine de chacune de ses œuvres. Ainsi construite, une intrigue quitte le domaine de l'anecdote pour atteindre au symbole. Et que ne faudrait-il pas dire aussi de la forme du roman, de ce récit où il n'y a pas une erreur de ton, et dont chaque ligne semble avoir été écrite, comme la fiction l'exige, par Madeleine, par une jeune fille dont l'instruction est solide, mais un peu archaïque, et n'avoir pu être écrite que par elle? Œuvre d'un homme tout ensemble habile à saisir les secrets du cœur et rompu aux exercices de la pensée, œuvre d'humaniste, chef-d'œuvre qui continue la plus belle tradition littéraire de notre pays.

Un poète de l'Inconscient

Si la poésie est avant tout la faculté de penser par images, qui donc aujourd'hui, plus que M. Julien Ochsé peut se dire poète? Ses vers forment un tissu si compliqué de métaphores où revit le monde infini des harmonies secrètes et des correspondances mystérieuses, que, le volume une fois refermé, une buée irisée persiste devant les yeux et s'interpose entre les choses et nous. Lorsqu'une idée soutient solidemnt ce chapelet d'images, le poème est admirable. Ecoutez celui-ci:

L'aube vient à pas lents tremper d'eau ma lumière
Qui vacille et faiblit dans le jour incertain.
Les roses d'hier soir sont mortes dans le verre,
Leurs pétales tombés ont glissé sur mes mains.

La chambre a l'air de vivre un lendemain de fête
Par ses fleurs effeuillées et sa lampe qui meurt.
Ah! de quels rendez-vous et de quelles conquêtes
Dans cette aube qui naît te souviens-tu, mon cœur?

Tu t'es toute la nuit grisé de tes mensonges,
Les mots qui t'enchantaient pâlissent maintenant,

Et, danseur revenu du carnaval des songes,
Tu t'éveilles devant le matin frissonnant.

Tu n'as eu de ce bal que l'heure déchirée
Où les masques tombés roulent sur les parquets!
Sauras-tu en goûter la tristesse enivrée,
Et, privé de sa joie, adorer son regret?

Quatre strophes suffisent à prouver que ce poète est un musicien exquis. Tandis qu'ils apparaissent aux yeux comme les fils éclatants ou sombres ravis à la tapisserie du monde, pour l'oreille ses vers semblent les phrases d'un chant intérieur, où persiste un écho des nostalgies baudelairiennes.

Mais il arrive parfois que dans les poèmes de Julien Osché, la musique prime la logique, et que le poète sacrifie à la mélopée du vers le dessin de la strophe. Les images alors se juxtaposent sans se compléter, sans que chacune ajoute beaucoup à la précédente. Au contraire, leur succession est si rapide que la pensée n'a point le temps de s'arrêter à toutes les fleurs de la guirlande : leur abondance paraît un peu monotone. D'autre part, on ne rassemble ainsi tant de visions dans le cadre d'une seule phrase, qu'aux dépens de la structure de celle-ci, et l'écrivain se prive ainsi d'une des plus sûres, des plus essentielles beautés de la langue française, qui réside dans sa richesse syntaxique. Ce double défaut, qui d'ailleurs est devenu presque insensible dans le dernier recueil de Julien Ochsé, *Profils d'or et de cendre,* provenait à la fois de la nature de son inspiration et de l'objet ordinaire de sa poésie.

L'objet de sa poésie, il nous le décrit lui-même dans un sonnet qui est fort beau, mais que je cite — surtout — à titre de référence :

> J'aime ce qui faiblit, tout ce qui s'atténue,
> Le bruit léger du vent sur les arbres et l'eau,
> Le crépuscule ouvrant sur le jour son manteau,
> Et le désir qui suit une femme inconnue.
>
> Sur la mer le bateau lointain qui diminue,
> Dans la chambre l'éclair vacillant d'un flambeau,
> Dans le jardin la fleur fanée et le ruisseau
> Offrant au soir qui vient sa fuyante avenue.
>
> J'aime l'heure d'attente et de mélancolie
> Où s'apaise le cœur, où l'âme se délie,
> Où l'on rentre à pas lents en se donnant la main :
>
> J'aime l'heure où les bruits comme des chants loin
> [tains
> Semblent porter vers nous dans leur calme murmure
> L'adieu mystérieux d'une ancienne aventure.

Quant à son inspiration, il la définit en ces termes :

> On dirait que ce sont des cendres de pensée...
> La lumière est éteinte et les mots malgré moi
> Tendent un dessin vide à l'ombre nuancée
> Dont les égarements sont traduits par ma voix,

Et je ne cherche pas ce que cela veut dire,
Un vers chante un instant, disparaît et revient,
Un mot sanglote, un mot semble vouloir sourire,
Le secret de la nuit vient se mêler au mien...
Puis le rêve s'esquisse et devient une phrase
Où quelque sens humain pénètre obscurément,
Et j'aperçois un peu sous une triple gaze
Un visage penché vers moi, divinement...

...Souffle mystérieux, ô vol noir qui m'emportes,
Pour dire la chanson pure que tu voudrais,
Il faut des yeux fermés, il faut des lèvres mortes,
Et nul amour, nul souvenir et nul regret...

On devine combien une telle esthétique aboutit presque nécessairement à une poésie un peu floue, mobile, fluide et comme évanescente. Et c'est pourquoi, lorsque le filet que Julien Ochsé lance dans le lac aux images, n'a pas laissé couler tout son butin entre les mailles trop larges, il semble vraiment que ce poète ait capté plus de rêves qu'aucun autre. Plus qu'aucun autre, il s'est approché des limites extrêmes de la conscience, de ces régions où règne un jour indécis et mystérieux, où les rayons du soleil ne parviennent qu'à travers l'épaisseur d'une eau morte.

* *

A connaître la poésie de Julien Ochsé, on n'attendait pas sans curiosité son premier livre de prose. Le rythme du vers semblait si naturellement adapté au mouvement de sa pensée, que l'on pouvait se demander ce que deviendrait, entre ses mains, cet instrument précis, analytique et logique qu'est la prose française. Ou plutôt qu'elle fut, car de Chateaubriand à Loti, notre prose a acquis un pouvoir d'évocation qui la rend comparable au vers.

Chateaubriand, Loti, tels sont les ancêtres littéraires de l'auteur d'*Ile en Ile*. (1) Comme eux, il cherche à se disperser, à s'anéantir dans les paysages qu'il parcourt. Tandis que pour un Stendhal, la conscience qu'on prend de ses émotions est cause de joie, pour Julien Ochsé comme pour Loti, elle est synonyme de souffrance. Et leur idéal voluptueux, à la fois sentimental et sensuel, semble consister dans un état de vie ralentie, où l'âme sans résistance offre une voie facile au défilé des souvenirs et des rêves.

D'*Ile en Ile* est un récit de voyage mêlé de fiction. C'est surtout un bréviaire de nihilisme. Jamais la vanité de l'action n'a été rendue plus sensible que dans ce journal d'un voyageur. Ce qui fait plus troublant encore l'accent désespéré de ce livre, c'est que le pessimisme n'y apparaît point comme une conception intellectuelle, en face d'une autre conception possible. Non il ne vient même pas à l'esprit de Julien

---

(1) D'*Ile en Ile*, par Julien Ochsé *(Mercure de France)*.

Ochsé de considérer le monde comme autre chose qu'un faisceau de hasards, et de ne point regarder la vie comme une route sombre où glissent seulement quelques reflets. Le voyageur a laissé en Europe un amour auquel il croit tenir, mais quand le décor de sa vie a changé, ses sentiments ne demeurent pas longtemps les mêmes. C'est que la personnalité, si elle n'est pas une illusion, se manifeste surtout dans la volonté, qui peut imposer au flot des phénomènes la loi de la durée. Mais la volonté n'est que duperie, aux yeux de celui pour qui la conscience coïncide toujours avec une douleur. Pour celui-là, la vie est variation incessante, et il croirait s'opposer au mouvement même du monde, s'il essayait de contraindre une sensibilité toujours en voie de se défaire, de se répandre dans les choses, et de céder aux suggestions de l'heure. Il goûte, au contraire, une satisfaction amère dans le sentiment de son impuissance, dans sa soumission aux vagues berceuses du destin.

> Mon enfant, ma sœur,
> Songe à la douceur
> D'aller là-bas vivre ensemble...

Julien Ochsé a repris ce thème éternel. Il a cherché, lui aussi, « le clair paradis des amours enfantines ». Et il l'a trouvé dans l'île innocente où la notion de péché n'a pénétré que depuis peu, à Tahiti, où les êtres cueillent leur vie comme un fruit mûr. Combien ces pages sont émouvantes ! C'est que vraiment, dans l'île lointaine, Julien Ochsé a contemplé le visage de sa destinée, et c'est une aventure qui ne s'oublie point.

Sur le seuil de la case obscure, Terai est debout, forme sombre qui traîne aux plis de sa robe toute son île sensuelle, languissante et triste; elle semble venue là du fond de l'horizon, et penche vers moi du haut d'un ciel transparent un visage invisible de déesse orientale, maîtresse des désirs, des rêves et des oublis, maîtresse mytérieuse de l'inconscience humaine...

L'Inconscience ! Par quelle logique du hasard, M. Julien Ochsé a-t-il écrit ce mot au terme de son livre. C'est elle en effet qu'il a toujours désirée d'un désir obscur, elle, la déesse dont on ne peut contempler le visage. C'est elle que dans ses vers il a essayé d'étreindre dans une intuition toujours plus subtile. C'est elle qu'il a toujours appelée, comme Antoine à la dernière page de la *Tentation*. C'est vers elle qu'il criait au sein même du bonheur :

Vous en souvenez-vous, mon amie? Je m'accoudais longtemps à la fenêtre, les yeux au loin, et vous me demandiez ce que je regardais ainsi; il me semble aujourd'hui que je voyais déjà dans le mirage lointain du soleil couchant, au delà de notre horizon bordé d'arbres, se dresser les statues d'or de ces dieux immobiles et muets qui commandent le silence et l'oubli.

Julien Ochsé est un Parisien que nous pouvons rencontrer tous les jours. Il parle notre langue, à cela près qu'il sait donner aux mots une musique inoublia-bie. Mais son âme n'est point pareille à la nôtre, et nous n'avons pas les mêmes dieux. Ceux qu'il adore sont bien les divinités orientales qui commandent le silence et l'oubli. Ce sont les dieux millénaires qui sourient dans les temples abandonnés, d'un sourire éternel, triste et peut-être cruel. Il n'a pas voulu les chercher au-dessus de lui : il les a trouvés dans les abîmes intérieurs. Il a divinisé l'Inconscient, dont l'Inspiration est parfois le prophète, parmi les hommes.

La Perversité
de M. Anatole France

M. Maurice Barrès m'a raconté qu'un jour, entré dans la villa Saïd, et contemplant les meubles, les tableaux et les statuettes que l'auteur de la *Reine Pédauque* a réunis là, comme des reposoirs pour la procession de ses songes, il demanda à M. Anatole France si la société communiste s'accommoderait de ce luxe individuel. M. Anatole France répondit par des paroles gracieuses et profondes, mais qui ne résolvaient point la question. La question reste encore à résoudre. M. Anatole France n'en a cure et je ne m'en soucierais pas plus que lui, si tout justement la lecture de quelques-uns de ses livres ne pouvait induire en cette erreur qu'il y a des questions à résoudre, et qui valent la peine d'être résolues.

En vérité, je n'ai jamais cru à la conversion de notre sceptique. Il est un scepticisme qui ne laisse aucune possibilité de conversion ; et ce n'est pas assez de dire que M. Anatole France ne pouvait faire son choix entre des croyances diverses, car il hait toute croyance tant qu'elle est active, tant qu'il existe des ho.nmes dont elle réchauffe le cœur et anime le bras. Sa tendresse ne va qu'aux mirages depuis longtemps évanouis ; sa main ne tremble de piété que lorsqu'elle déroule le linceul de pourpre où dorment les dieux morts ; sa marine, plus que de l'odeur des roses nouvelles, s'enivre de l'indéfinissable parfum d'une fleur soustraite aux jardins de la vie, et dont la graine devint stérile entre les feuillets d'un herbier.

Et cependant, il parut quelquefois accorder sa créance aux religions du jour. Nous l'avons vu souffler sur le brasier dont les étincelles devaient jaillir jusqu'au ciel, et transmettre le feu sacré aux âges à venir. Mais aussi, nous avons lu, depuis, l'histoire des *Pingouins* et les *Dieux ont soif* (1). Et si je ne vais point jusqu'à dire que M. Anatole France y brûle ce qu'il adora, du moins semble-t-il bien que son ironie ait laissé quelques égratignures sur le piédestal de ses dieux. C'est qu'il n'avait érigé leur statue que pour les opposer à d'autres dieux qui lui paraissaient plus forts, pourvus d'un plus grand nombre de fidèles, et partant, plus dangereux. Or, Voltaire ne dormait plus content, et grinçait des dents au fond de sa tombe. Il peut aujourd'hui re-

_____

(1) Les *Dieux ont soif*, roman, par Anatole France (Calmann-Lévy).

trouver son sourire et applaudir aux gestes du plus
aimable iconoclaste de notre temps : le livre de
M. Anatole France, c'est une raillerie posthume de
Voltaire, c'est le dernier trait qu'il lance contre le
citoyen de Genève, d'une rive à l'autre du Léthé, où
jamais aucun de ces deux rivaux n'a voulu boire.

*
* *

Evariste Gamelin, peintre et juré au tribunal révolutionnaire, est un jacobin de la faction robespier-
riste, et un admirateur de Jean-Jacques. Il aime les
nuages, et on ne l'en blâmera pas, car ils sont bien
jolis, voguant sur l'azur ; mais il prétend les tirer vers
la terre où ils se transforment aussitôt en un brouil-
lard irrespirable. Evariste Gamelin ne prend pas
garde à cette métamorphose, car il vit dans l'absolu.
Il croit à la vérité absolue, à la chasteté absolue, à la
justice absolue ; c'est le croyant-type ; c'est un fou. Il
en est de deux espèces. Les contemplatifs sont inno-
cents et font la parure du monde ; mais Evariste
appartient à l'autre espèce. Il devient redoutable
parce qu'il agit.

Il est vertueux, mais il croit à une vertu indépen-
dante des circonstances ; il est bon, mais il croit à

l'efficacité de la bonté, quels que soient le temps et l'occasion. Il ne soupçonne pas que le bien naît de l'établissement d'un équilibre difficile, et que la raison doit composer avec les puissances diverses de l'humaine nature. La nature, il y croit aussi, comme à la morale, comme à tout, mais à la façon de Rousseau « ce jean-fesse, dit le porte-paroies d'Anatole France, qui prétendait tirer sa morale de la nature, et qui la tirait en réalité des principes de Calvin ». Evariste, ce gobe-mouche de l'Absolu, nous offre le type le plus accompli du jacobin. Animé des meilleures intentions, comme Torquemada, il fait guillotiner ses amis, sa bienfaitrice, un innocent en qui il reconnaît (comment se tromperait-il, quand la voix de la nature parle en lui !) le ci-devant qui séduisit sa maîtresse, laquelle avait tout bonnement cédé aux charmes d'un saute-ruisseau. Il ferait guillotiner sa mère, s'il pensait, par ce sacrifice, être agréable aux dieux assoifés. Tel est Evariste Gamelin, plus bête que quelques-uns de ses pareils, mais moins vil que la plupart des autres fantoches de la sanglante mascarade.

M. Anatole France a fixé de façon définitive la psychologie du mystique révolutionnaire, et, du même coup, rédigé le compendium de ses haines, ou plutôt de ses mépris. En face d'Evariste Gamelin, disciple de Rousseau, il a placé Brotteaux des Ilettes, disciple de Lucrèce, athée indulgent, pessimiste souriant, épicurien qui reconnaîtrait pour ses frères ou pour ses cousins Jérôme Coignard et M. Bergeret. Evariste l'envoie à l'échafaud, en même temps qu'un moine ingénu et qu'une naïve prostituée. Evariste tue, tue et tue encore, pour légitimer par de nouveaux massacres les massacres antérieurs. Et lorsque, tout dégouttant de sang, il quitte ses sombres fonctions, c'est pour retrouver Elodie que la pensée de tous ces meurtres emplit d'une terreur délicieuse. Mais quand Evariste, entraîné par ce mouvement de folie qui semble le rythme même de la vie de ces temps-là, tombe à son tour sous le couperet, Elodie oublie son amant entre les bras d'un autre. Car le plaisir est roi du monde.

* * *

Je ne résumerai pas davantage le roman de M. Anatole France, et je n'essaierai pas non plus d'en définir l'art incomparable. Jamais encore on n'avait peint un tableau si vrai de la vie parisienne depuis la mort du roi jusqu'à la réaction thermidorienne. Mieux que personne, M. Anatole France a distingué la qualité du patriotisme tant vanté des terroristes : « Sûrs de périr si la patrie périssait, ils fai-

saient du salut public leur affaire propre. Et l'intérêt
de la nation, confondu avec le leur, dictait leurs sentiments, leurs passions, leur conduite ». Non, je ne
m'attarderai pas davantage sur ce roman où la volupté chante des airs si gracieux quand la rafale
souffle de toutes parts.

Mais il est un point sur lequel je voudrais revenir.
Pourquoi M. Anatole France, qui démonte avec une
habileté si dédaigneuse, le mécanisme d'un Evariste
Gamelin, conserve-t-il son amitié à certains illumi-
nés qui, de nos jours, affichent ses dangereuses manies ? Pourquoi, s'il se sent le cœur de les railler, n'a-
t-il pas la franchise de les désavouer ? Telle est la
question qui se pose, qui séduit et qui irrite. M. Anatole France n'y répondra sans doute pas plus qu'à la
question de M. Maurice Barrès. Si nous tâchions, en
toute modestie, d'y répondre ?

Donc, M. Anatole France, quand il parle sur
l'Agora, sacrifie aux dieux de l'Avenir, aux idoles
populaires, au Progrès. Mais sitôt rentré dans sa
librairie, devant l'image de l'éternelle Maïa, il renie
en souriant leur culte. Est-ce à dire qu'à l'exemple
de son aïeul, ce petit-fils de Voltaire croie au bienfait
d'une religion pour la foule ? Non pas. A chaque page
des *Dieux ont soif*, le dédain et l'ironie, pareils à
deux sphinx, nous invitent à la circonspection, mais

si l'on peut avec assurance dégager de ce livre une idée, c'est, nous l'avons vu, celle de la méchanceté de toute religion. Contempler, sur les ruines de la Foi et de l'Espoir, la ronde des idées et des formes, le souple jeu des apparences périssables, voilà le dernier mot de la sagesse. Le langage du traitant Brotteaux des Ilettes ne permet pas, sur ce point, le moindre doute. Il avait encore, ce Brotteaux, « la faiblesse de croire que les révolutionnaires étaient plus méchants et plus sots que les autres hommes, en quoi il tombait dans l'idéologie. » Il savait pourtant que tous les hommes sont également nuisibles dès qu'ils agissent, et qu'ils n'évitent de répandre autour d'eux la douleur qu'en demeurant en place. Il excellait à jouir des fragiles biens de ce monde, de toutes les joies inoffensives de l'esprit et de la chair. L'époque où il était né favorisait ses appétits mesurés et nombreux. Mais autour de lui les hommes nourrissaient toujours dans leur cœur l'antique démon, l'horrible manie de la certitude et le goût de l'Absolu. Ils voulurent soulever le voile des apparences, et la lampe de Psyché, en tombant, déchaîna l'incendie.

Adieu, volupté des yeux, frissons de l'épiderme, molles cadences, plaisirs qui êtes l'unique raison de la vie ! Pauvre Brotteaux des Ilettes, qui discouriez aussi bien que M. Anatole France lui-même ; les

triomphateurs ne s'accommodent plus de votre pessimisme satisfait ; c'est qu'avec eux les croyants ont
succédé aux artistes. Quelques rythmes apaisent la
tristesse des chanteurs, une palette offre aux peintres
de quoi distraire leurs angoisses. Mais les Jacobins
n'ont pas ces ressources, et les rêves de leur cerveau,
c'est dans la matière vivante qu'ils vont les réaliser !
M. Anatole France distingue bien le danger de cette
entreprise. D'où vient que de temps à autre, nous
apercevions ce sage marchant la main dans la main
avec les neveux de ces fous ? D'où vient qu'après
avoir apporté ce nouveau témoignage de son scepticisme, nous le verrons peut-être saluer demain avec
bienveillance tel prophète qui prétend accoucher
l'avenir ? A chaque détour, la même question surgit,
plus irritante chaque fois.

.·.

M. Anatole France a avoué un jour, dans une réponse à Brunetière, je crois, que souvent il avait
tourné les yeux du côté du scepticisme absolu, mais
qu'il avait eu peur du gouffre. Tenons-nous enfin le
mot de l'énigme ? On pourrait s'y tromper. Lorsque
M. Anatole France, en effet, dénonce la malfaisance
essentielle de toute action, il n'ignore pas que cette

immobilité qu'il prône porte un nom : la mort. Et, quoi qu'il ait envisagé parfois sans frémir la pensée de l'anéantissement de notre monde absurde et misérable, il n'a pas eu le front de prêcher à la foule son évangile désolé. On en trouvera seulement quelques paraboles à la fin d'un précédent volume : *L'Ile des Pingouins,* qu'il faut avoir présent à l'esprit pour ne se point méprendre sur la philosophie d'Anatole France. Si cet ouvrage n'avait pas été écrit, on accepterait que M. Anatole France, pour échapper au scepticisme absolu, mette sa confiance dans la révolution future. Mais M. Anatole France s'abuse, et l'*Ile des Pingouins* dément son affirmation. Oui, il est descendu au fond de ce gouffre dont il prétendait avoir peur, et le livre qu'il a rapporté de ce voyage passe en cruauté les plus sombres pages d'un Nietzsche. Appel à la destruction, il apparaît en même temps comme un gage de la vanité de toute destruction. Nous voici bien près de saisir le secret de M. Anatole France. Mais la lumière qui va éclairer un aspect un peu pervers de cette âme, je voudrais qu'elle fût projetée par un de ces anarchistes auxquels M. Anatole France a voué une affection particulière :

— Compagnon, dirait-il, aujourd'hui seulement je t'ai compris. C'est pourquoi je ne te suivrai plus. Reste parmi tes semblables et n'entre plus dans notre

église, car ton impiété offense nos dieux, et ta pitié
nous est plus injurieuse que la haine de nos bour-
reaux. Ceux-ci ne savent point alléger nos souffrances ; du moins ne les raillent-ils pas. Toi, du sommet
de ta tour, tu regardes les drames du monde comme
des batailles de fourmis ; et, monté si haut, tu crois
peut-être devenir un dieu : garde-toi seulement de
cesser d'être un homme. Tu ôtes à notre misère son
sens et sa grandeur. Tu parles des crimes et du délire
des hommes comme d'incidents dérisoires, et tu prétends collaborer à notre effort ! Mais celui-là seul a
le droit d'invoquer la vérité et la justice, pour qui
chaque parole doit avoir un retentissement éternel,
pour qui, de chaque goutte de sang versé, doit naître
une source intarissable.

« Nous voulons agir, et toute action te paraît
détestable en son principe. Si tu sembles aider à
quelqu'un des gestes humains, ce n'est point que tu
le juges meilleur que les autres. Au contraire, — et
voici ton secret, prestigieux compagnon, — c'est que
tous les gestes te laissent indifférent. Tout le mérite
de ces mouvements fugitifs réside dans leur valeur
plastique, et ils n'ont d'autre but à tes yeux que d'entretenir le rythme de la vie. Encore doutes-tu de
l'excellence de ce but. La souffrance, la volupté et la
vie même des hommes ne sont d'aucun prix, dit ton

ami Brotteaux des Ilettes, le capitaliste, et tu sembles partager son avis. Nos passions te fournissent des thèmes gracieux ou graves, mais as-tu senti jamais leur grand souffle qui terrasse et qui brise? J'admire que tu gardes une âme égale, quand ton cœur n'est que cendres. Ah! c'est une chance d'être né grand artiste. Tu manies trop habilement tes phrases pour que ces lames empoisonnées te blessent jamais toi-même. En les polissant, en les ornant, tu oublies leur destination ; mais ceux dont elles percent le cœur, leur sera-t-il loisible d'en admirer la beauté?

« N'en doute point : quand luira le crépuscule du grand soir, un des premiers, tu monteras dans la charrette, comme ton ami Brotteaux. D'ici là, reste parmi tes semblables, et médite sur l'éminente dignité de la personne humaine, que l'on nous révèle à l'école primaire, selon l'évangile de Kant! »

Ainsi parlerait, je pense, un révolutionnaire, car ces gens-là ne craignent pas l'emphase. Nous, qui la redoutons, quel langage tiendrons-nous?

.*.

Il faut bien convenir tout d'abord que l'esprit de M. Anatole France est enclin à la perversité. Ce mot seul nous livre le secret des antinomies de sa pensée.

Il fait dire à l'un de ses personnages, dans l'*Ile des Pingouins:* « Il ne reste qu'une bonne action à accomplir : le sage amassera assez de dynamite pour faire sauter cette planète. Quand elle roulera par morceaux à travers l'espace, une amélioration imperceptible sera accomplie dans l'univers, et une satisfaction sera donnée à la conscience universelle, *qui d'ailleurs n'existe pas.* » Entendez-vous ricaner, dans ces quatre mots, le démon de la perversité ? Quant à la phrase elle-même, on peut y chercher l'expression complète de la pensée d'Anatole France. Voyez : selon que l'on ajoute ou que l'on retranche la dernière incidente, vous avez devant vous l'Anatole France qui paraît croire à la vertu d'un bouleversement social, ou celui qui sait la vanité de tous nos efforts de pygmées. Biffez la restriction finale, et, négligeant la forme paradoxale de la proposition, remplacez dynamite par « révolution » et planète par « société capitaliste », il vous semblera lire un discours composé pour une réunion prolétarienne. Ne gardez, au contraire, que la petite observation méphistophélique, et vous reconnaîtrez l'accent nihiliste des livres les plus achevés de M .Anatole France. Mais il a écrit la phrase d'un bout à l'autre. C'est qu'il veut goûter toutes les voluptés intellectuelles, et les plus complexes, et les plus subtiles. C'est qu'il agrée

à sa délicate perversité de rassembler dans le cœur
d'un seul homme Faust et Méphistophélès.

Tous les hommes qui ont élevé sur la terre un monument avaient foi dans leur œuvre. Que nous veut
celui-ci, qui prétend bâtir, sur un sol qu'il sait mou-
vant ? Que penseriez-vous d'Evariste Gamelin, s'il
raillait dans son cœur les dieux au nom desquels il
massacre ses semblables, et si l'on démasquait en lui
un dilettante dont l'unique souci fût d'ajouter un
tableau à la fresque éternelle? Dirai-je toute ma pensée? M. Anatole France craint Evariste, mais comme Elodie, l'héroïne de *Les dieux ont soif,* il semble rechercher le frisson délicieux de cette crainte.
Combien de fois la figure d'un mystique pareil à
Evariste n'apparaît-elle pas, sous des noms divers,
à travers l'œuvre de M. Anatole France? Rappelez-
vous, dans le *Lys Rouge* — déjà — le sujet de roman
qu'expose l'écrivain Paul Vence. Ce fut l'un des premiers signes de cette sympathie bizarre qui incline
un sceptique dont l'âme ignore l'ingénuité, vers les
manifestations de la foi la plus naïve: perversité où
aboutit souvent le dilettantisme. Quand cet érudit à
la curiosité inlassable eut épuisé les trésors des my-
thologies antiques et des civillisations abolies, malgré
son horreur des religions actives, sa fantaisie se com-
plut à favoriser la naissance de croyances nouvelles,

parce qu'il espérait que le monde y retrouverait une sève jeune, et qu'ainsi des plaisirs de contemplation seraient ménagés aux épicuriens de l'avenir. On conçoit, dès lors, combien était justifié le langage que tenait tantôt notre révolutionnaire, car nous ne saurions légitimement exiger d'un homme d'action qu'il approuve l'attitude intellectuelle d'Anatole France, son habileté à se donner tout en se reprenant, son enthousiasme compliqué de restriction mentale, et son dilettantisme un peu néronien mais qui, au lieu de désastres propres à satisfaire les regards d'un barbare, provoquerait des occasions où employer l'ironie mêlée de pitié qui reste la seule arme du bon épicurien.

.*.

Un mystique de la révolution, qui irait jusqu'au bout de la pensée de M. Anatole France, reviendrait singulièrement refroidi de cette expédition. Au contraire, si M. Anatole France parvenait à chasser ces aspirations au néant qui parfois soulèvent un cœur blasé, s'il se débarrassait de certaines curiosités perverses, beaucoup, qui se croient ses adversaires, connaîtraient combien ils sont près de lui. Ni Brotteaux des Ilettes, ni M. Anatole France ne peuvent épouser les idées de Kropotkine. On les apparenterait bien plus aisément aux plus stricts réalistes dont l'histoire nous ait transmis les maximes. Au moment qu'il allait reconstruire sur sa base tout l'édifice philosophique, Descartes se fit une loi de tenir pour assurés et profitables les principes qui gouvernaient la société de son temps. Il savait qu'une trop brusque poussée des idées sur les faits détermine des catastrophes. On verrait de même sans grande surprise M. Anatole France adopter, dans sa haine de l'action, quelques règles de vie qu'il retoucherait le moins possible. Il accepterait en souriant les croyances traditionnelles, non parce qu'elles sont justes, mais parce qu'à l'usage elles ont perdu leur nocivité primitive. La sagesse qu'il enseignerait consisterait à n'accomplir que les mouvements nécessaires pour résister aux assauts de l'anarchie, aux puissances de la mort. Ainsi, l'homme rêverait sa vie en créant le moins possible de douleur autour de lui, et tout entier adonné aux joies de la contemplation, aux plaisirs légers qui font aimer la vie...

Mais il fallait considérer M. Anatole France dans toute sa complexité pour trouver le mot de l'énigme que son œuvre propose. Cet homme qui, dans un univers lancé sans but à travers les espaces, n'indi-

que pour consolation que les jeux de l'esprit ou de
la chair ; cet homme que la pensée toujours présente
de la fuite des phénomènes et de l'effritement des siècles empêche d'attacher quelque prix aux passions
qui font vivre et mourir ses semblables ; cet homme
qui incita la foule à chercher un bonheur futur qu'il
sait impossible — cet homme-là sera l'objet de la
réprobation de toutes les âmes religieuses. Les jeunes
gens d'aujourd'hui qui, nous dit-on, célèbrent l'action
sur le mode lyrique, se détacheront de lui. Mais il
continuera de dérouler à ses propres yeux et pour
la joie des nôtres les féeries de son intelligence merveilleuse, et l'Ironie lui permettra toujours de répandre une lumière inoubliable sur des paysages que
l'Amour n'éclaire pas.

L'Inexpérimentée [1]

Mme Lucie Delarue-Mardrus a rédigé, en romancière naturaliste, un petit conte moral dans le goût du XVIIIᵉ siècle. Voltaire, en écrivant *Jeannot et Colin,* voulut nous rappeler que l'on est parfois très aise de retrouver, dans les jours sombres, les amis que le bonheur nous fit dédaigner ; Mme Lucie Delarue-Mardrus, quand elle composa l'*Inexpérimentée,* eut dessein d'illustrer cette vérité incontestable, à savoir que les fautes des parents ne servent point d'avertissement aux enfants, et que seule notre expérience individuelle nous pourrait être de quelque secours si, quand nous la possédons, il n'était trop tard pour l'employer.

Le petit conte moral de Mme Lucie Delarue-Mardrus comporte la description de plusieurs accouche-

---

(1) Roman de Mᵐᵉ Lucie Delarue-Mardrus, (Fasquelle, éditeur).

ments. L'accouchement apparaît à Mme Delarue-Mardrus comme la rançon de l'amour. Deux femmes, la mère et la fille, contemplent successivement la face et le revers de la médaille, et leurs deux aventures présentent une symétrie et se répètent avec une régularité destinées à l'édification. Destinées aussi à s'abat sur les femmes et ne les lâche que brisées par ses serres puissantes. Diane, la mère, a subi l'étreinte de ce vautour terrible. Mais elle s'est promis de l'écarter du paysage paisible au milieu duquel elle élève Diane, la fille.

Vainement. Diane la fille a été ravie comme Diane la mère. Elle est partie, avec un homme qui l'aimait, et qu'elle n'aimait pas, pour se rendre libre et pour rejoindre, ayant abandonné le comparse devenu inutile, l'être qu'elle attendait depuis ses rêves d'adolescente. Pierre, l'amant abandonné, vient rejoindre Diane la mère qui a oublié sa rancune contre le ravisseur de Diane la fille, et ne songe plus qu'à pleurer avec lui. Il faut dire aussi que, pour achever la symétrie, c'est le même homme que font souffrir, à vingt ans d'intervalle, Diane la mère et Diane la fille. Ce Pierre est d'ailleurs une nature généreuse. Il a pardonné à la mère la douleur qu'elle lui infligea jadis. Il est tout prêt à amnistier la fille. Celle-ci revient, pas absolument seule: elle est enceinte de six mois. Le père, assez vague, de ce futur enfant, l'a abandonnée, comme le père de Diane la fille avait abandonné Diane la mère (ce n'est pas ma faute s'il y a des répétitions dans le résumé de cette histoire de famille). La situation semble inextricable. Elle le serait peut-être dans la vie. Mais c'est à dénouer les situations les plus embrouillées qu'excellent des contes moraux.

Pierre Laforgerie, ayant contemplé Diane la fille, sent son amour augmenter de toute la dimension nouvelle qu'a prise la taille de sa petite amie, et il dit humblement :

— Si tu veux... si tu veux... Eh bien! Je t'épouserai, moi... Oui... oui.. tout de suite si tu veux... Et ton enfant... ton enfant... je le reconnaîtrai... Veux-tu?... Veux-tu?...

La mère et la fille se sont écriées ensemble:

— Oh! Pierre!

Et voici qu'ils se regardent tous trois sans confusion, possédés seulement par le sentiment d'une noble minute.

Notre époque démocratique se fait donc une étrange idée de la noblesse. Considérez, je vous prie, que dans ce groupe attendrissant, nous trouvons: une vieille grue, une petite grue, un homme qui fut successivement l'amant de la vieille et de la jeune, et, enfin, personnage invisible, un mioche expectatif, né de père inconnu. Il faut appeler les choses et les gens

par leur nom, si l'on veut n'être point dupe. Et tout
ce monde-là pleure de nobles larmes, uniquement
parce que, à l'orient de l'Europe, a existé une littérature russe qui, chère d'abord à une élite, est devenue la pâture ordinaire du public français. Il y aurait
quelque injustice, je pense, à insister sur cette petite
scène. Le poète d'*Horizons* ne l'a pas inventée pour
les meilleurs d'entre ses lecteurs. Ce n'est point pour
eux non plus que Mme Delarue-Mardrus écrit de ce
style :

La louve féminine hurlait à la joie. On l'a dans la peau,
l'amour maternel, tout comme l'autre amour.

Cette simplicité voulue, qui se croit énergique et
qui n'est que vulgaire, a bien passé de mode. Il convient d'abandonner au théâtre ces préciosités à rebours. Il convient aussi de ne point déranger sans
motif valable les grandes lois éternelles de la vie
dont, de tout temps, l'art le plus élevé nous a fourni
des symboles. Ainsi, pourquoi faire appel à la Fatalité, à cette farouche divinité qui anime l'œuvre des
Sophocle, des Shakespeare et des Racine, pour expliquer les déportements d'une gamine dévergondée ?
Voilà un procédé bien artificiel et qui réussit mal à
élargir, à ennoblir un sujet trop frêle. L'œuvre de
Mme Delarue-Mardrus semble ballottée entre le conte

moral, dont je parlais au début, et le roman naturaliste, genre auquel elle se rattache par le style. La
donnée est si évidemment imaginée dans le but d'illustrer une sentence morale, que nous ne pouvons
nous laisser émouvoir par l'intrigue elle-même. La
fin, la naissance de Diane la petite-fille, est vraiment
trop prévue. Quand naît, dans l'adorable dernière
scène de la pièce de Mæterlinck, la fille de Mélisande,
c'est toute l'inquiétude douloureuse de l'humanité
qui semble balbutier sur les lèvres de ce petit être.
Mais lorsque Diane la fille se promet de préserver
son enfant des erreurs qu'elle commit elle-même, tout
comme autrefois Diane la mère s'était jurée de prémunir Diane la fille contre les cruautés de l'amour;
et lorsque l'auteur nous laisse entendre que Diane
la petite-fille recommencera les mêmes bêtises que sa
mère et sa grand'mère n'évitèrent pas (et qui sont
plus graves, Pierre Laforgerie ne pouvant plus, en
raison de son âge, les réparer) — à ce moment-là,
dis-je, nous pensons que l'auteur a un peu abusé de
la symétrie. Et nous ne serions guère étonnés d'apprendre que, l'enfant commençant à parler, ses premiers mots composent le refrain d'une chanson puérile :

> Si cette histoire vous amuse,
> Nous allons la... la... la... recommencer.

Après tout, je le sais, c'est toujours la même chanson que chantent les poètes. Mme Lucie Delarue-Mardrus a souvent célébré, d'un accent plus émouvant, l'amour et la douleur. Pensons-y, pour que la lecture de ce roman hâtif et contestable ne nous rende point injuste.

La fête arabe [1]

Il n'est sans doute pas d'écrivains, à l'heure présente, dont les livres, plus que ceux de Jérôme et Jean Tharaud, nous apportent une promesse de plaisir. Cela vient du souvenir que nous avons de leurs précédentes œuvres : il nous fut donné de goûter aux fruits de l'arbre. Mais à notre espoir on découvre une cause moins empirique : nous savons que l'arbre fut planté et taillé selon les plus sûres méthodes. Le temps semble passé, décidément, des auteurs qui écrivent sans savoir pourquoi ni comment, et nous revenons à des coutumes moins barbares. Plus que quiconque, Jérôme et Jean Tharaud auront contribué à cette heureuse orientation de la littérature qui se fait, qui prétend continuer la plus belle tradition française, et recueillir le plus essentiel, le plus incommunicable de notre patrimoine : une sensibilité policée par cinq ou six siècles de culture.

---

(1) Par Jérôme et Jean Tharaud (Emile-Paul, éditeur).

Leur goût classique, leur grand souci de construc-
tion et d'unité les incline à employer de préférence
la forme du récit. De la sorte, tous les évènements
s'ordonnent autour d'un centre, que forment la pensée et la sensibilité du personnage qui parle. Des
esprits superficiels, qui jugent le « moi » romantique, parce que le « moi » a été dit haïssable, et que
tout ce qui est haïssable leur semble romantique,
pourront seuls faire grief de cette tendance aux deux
écrivains. Bien plutôt que d'un égotisme blâmable,
elle procède chez eux d'un amour profond de la vérité. Ils veulent déformer celle-ci le moins possible,
c'est pourquoi ils se plaisent à nous la montrer ré-
fractée dans un seul regard. Assez d'obstacles se présentent à notre conscience quand elle veut appréhen-
der le réel, pour qu'on n'y ajoute point à plaisir les
embûches du style indirect. Depuis *Dingley*, les héros
de Jérôme et Jean Tharaud emploient donc la première personne. La *Maîtresse servante*, la *Fête
Arabe* se rattachent par là à une forme de livres très
traditionnelle, et qui peut-être paraîtrait la plus légi-
time, si l'illustre exemple de Flaubert et la réussite
de *Madame Bovary* n'avaient créé, en quelque sorte,
un nouveau « canon » du roman français. Depuis
lors, un préjugé nous incline à considérer la manière
de Flaubert comme supérieure à toute autre. Or,

Jérôme et Jean Tharaud rompent avec cette manie, et s'il faut les apparenter à quelques écrivains français, certains noms s'imposent : Mérimée, Fromentin, Stendhal, pour ne pas remonter plus haut que le dix-neuvième siècle. C'est une belle généalogie.

Cela dit, je ne serai pas suspect de préférer le « roman impersonnel » au « récit ». Néanmoins, il faut convenir que le récit ne convient pas indifféremment à tous les sujets. Il répand une lumière vive sur l'esprit du narrateur, et ne nous apprend rien sur les autres personnages, que ne puisse savoir celui-là. C'est-à-dire qu'il ne nous en apprend pas grand' chose, les hommes demeurant, les uns pour les autres, des mystères. Ce sont ces mystères que le roman impersonnel s'efforce de percer, en mettant tous les personnages au même rang, dans le plan de sa vision. Il les considère en eux-mêmes, et non pas dans les rapports qu'ils entretiennent avec un personnage principal. A vrai dire, on découvrirait peut-être que dans le plus objectif des romans, il existe toujours des personnages sacrifiés et un personnage favorisé : l'intuition d'un artiste qui, prenant pour éléments les tendances diverses de son âme, les projette dans la vie, les enclôt en des corps doués d'existence personnelle, cette intuition-là, fût-elle celle d'un Balzac ou d'un Dostoïevsky, a ses limites. Mais le roman objectif les dissimule le mieux possible. Dans un récit comme la *Maîtresse servante,* la femme que d'après le titre l'on pourrait considérer comme l'héroïne du livre, est beaucoup moins vivante à nos yeux que le narrateur, son amant. Encore était-il permis de penser que l'aventure psychologique de celui-ci formait le véritable sujet du livre. Dans la *Fête arabe*, si j'ai bien pénétré le dessein des auteurs, c'est beaucoup moins un fait psychologique qu'un fait politique et social que l'on se propose de nous rapporter. Dès lors, si je ne vois plus bien les avantages de la narration personnelle, j'en distingue clairement les inconvénients.

MM. Jérôme et Jean Tharaud ont visité l'Algérie. A leurs yeux, la destinée de notre domaine africain est désormais compromise. Par faiblesse autant que par inintelligence ou mauvais emploi des qualités de l'Arabe, nous avons fait appel, ou du moins réservé bon accueil, pour nous seconder dans l'exploitation de la colonie, à toute la canaille des rivages méditerranéens : Maltais, Italiens, Espagnols. Ces métèques sont devenus les vrais maîtres du pays. Ils y ont implanté une civilisation inférieure et qui méconnaît aussi bien l'intérêt français que les vœux des indigènes. MM. Jérôme et Jean Tharaud ont illustré leurs observations par l'exemple d'un ancien médecin de l'armée française, qui, séduit par les mœurs et l'âme musulmanes, s'établit définitivement en Algérie. Il essaye de faire participer un peu au mouvement de la vie, afin de le préserver de l'anéantissement fatal, un village du Sud algérien, sans rien lui ôter de son caractère et de sa poésie. L'histoire de son échec, c'est le livre de Tharaud.

Le sujet était immense tout ensemble, et très bien circonscrit. On est un peu surpris de le voir traité en trois cents courtes pages. Regardons de plus près : l'ouvrage réalise un équilibre trop facile. Première partie : l'Algérie aux indigènes, sa beauté, son charme antique, qu'un Français par un effort de sympathie intelligente, a su comprendre et aimer jusqu'à rêver de les sauvegarder. Deuxième partie : les indigènes dépouillés, le pays livré à des barbares, d'autant plus redoutables qu'ils se croient les ministres du progrès. Ces deux états successifs, nous n'en prenons pas une connaissance directe. Deux récits nous les révèlent, le récit du romancier, puis le récit qu'il nous fait de la confession du médecin. Sans aller jusqu'à dire que Jérôme et Jean Tharaud ont passé à côté du sujet, qui était proprement la description de la crise sociale algérienne, on peut penser qu'à le réduire au récit de la mésaventure personnelle d'un médecin arabophile, ils lui ont enlevé de sa grandeur. Bref, si leur propos fut de nous conter l'histoire d'une vie d'homme, et cela semble convenir assez bien à leurs goûts d'écrivains amis du concret et de l'action, ils n'auraient pas dû toucher au problème économique considérable que nous indiquions, car le sentiment que nous avons en lisant ce livre, de frôler sans cesse un mécanisme immense, devient un peu pénible, quand nous arrivons à la fin sans que ce mécanisme se soit déclanché. D'autre part, s'ils voulurent réellement écrire le roman de l'Algérie moderne, le symbole qu'ils choisirent, quelle que soit sa valeur esthétique, apparaît insuffisant. On songe à un roman conçu par un disciple de Paul Adam, et exécuté par un disciple de Mérimée.

J'ai scrupule à m'attarder à ces remarques techniques. Les écrivains médiocres prennent sur les bons un avantage singulier, car ceux-ci nous donnent le goût de la perfection, et, les jugeant d'après une image idéale, nous insistons sur leurs plus légers défauts. S'il s'en trouve, dans le livre des Tharaud — et rien ne prouve qu'ils n'aient point de bons arguments à opposer à mes critiques — combien de beauté la *Fête arabe* ne nous offre-t-elle pas ! Il y a là des pages qui ne le cèdent point, pour la nostalgie qu'elles exhalent, aux plus belles de Loti ; mais que le sentiment de l'exotisme est donc différent chez les deux

écrivains! On voudrait écrire un article rien que
pour étudier ces différences. Loti, cet enchanteur, est
un esclave de la sensation. Il se répand dans l'univers.
Jérôme et Jean Tharaud, en quelque lieu que les
porte leur humeur voyageuse, demeurent des huma-
nistes; ils s'abandonnent moins à la nature qu'ils ne
se l'approprient. En se donnant, ils augmentent leur
richesse spirituelle.

Leur langue est admirable. On leur a reproché un
abus du « vers blanc ». Il est certain que le rythme
de la belle prose diffère de la cadence du vers, mais
il ne l'est pas moins qu'une pensée, lorsqu'elle a
trouvé son expression la plus stricte, tend à s'enclore
dans les syllabes d'un alexandrin. Le léger abus
signalé chez Jérôme et Jean Tharaud n'entrave pas
l'admirable mouvement de leur style. Ils n'ont pas
entrepris de nous montrer, à l'œuvre, les malandrins
qui ont rendu irréalisable le rêve du médecin français, et je le leur reprochais tantôt. Mais les beautés
de la *Fête arabe* et la tristesse de sa fin nous apparaissent à travers le voile du souvenir. Elles en prennent une incomparable puissance suggestive. Le but
que se proposaient les auteurs est donc tout de même
atteint, et la *Fête arabe* restera comme une œuvre
utile et comme un merveilleux poème.

La Maîtresse et l'Amie [1]

PERSONNAGES :

La Maîtresse de la Maison.
Le Maître de la Maison.
Le Romancier psychologue.
La Femme du romancier psychologue.
Un Agathonien.
Une Femme de chambre.

(Après le dîner, dans un château)

LE MAITRE DE LA MAISON

Excusez-moi. La chasse m'a fatigué. Quel livre me conseillez-vous d'emporter dans ma chambre, cher maître, si je veux incliner ma pensée à des songes heureux ?

---

(1) par Jean-Louis Vaudoyer (Calmann Lévy, éditeur).

L'Agathonien

N'en prenez aucun. Nous mourons de trop lire et de trop rêver. Ayez soin seulement de ne point oublier vos exercices suédois.

Le romancier psychologue

J'ai terminé ce matin *la Maîtresse et l'Amie.* C'est une étude d'âme féminine. Il y est question de Mozart et de Beethoven, du Louvre et des rues d'Utrecht, et aussi du Poussin, que l'on y appelle Nicolas, tant il se mêle d'honnête familiarité à l'admiration que les personnages de M. Jean-Louis Vaudoyer professent envers les maîtres. Je dois à la vérité de dire que cent pages au moins du livre ont trait au sujet, qui est l'aventure amoureuse d'un jeune musicien et d'une belle femme aux sens silencieux. Il est d'ailleurs fâcheux, selon moi, que M. Jean-Louis Vaudoyer ait ajouté cette anecdote de réalisme psychologique à son œuvre, car le cœur humain est un organe fragile et compliqué. Il en faut abandonner l'étude aux spécialistes.

L'Agathonien

M. Jean-Louis Vaudoyer n'en est-il pas un? Je l'ai rencontré. Il est élégant et parle volontiers de l'Italie.

Sa personne et son œuvre m'apparaissent comme un unique phénomène, très insolite et très précieux. En lisant les romans de M. Jean-Louis Vaudoyer, si j'étais littérateur ou tout au moins peintre, sculpteur ou musicien, je goûterais une satisfaction sans mélange, car ils propagent cette opinion que le monde, en y comprenant les femmes du monde, s'offre comme un verger à la fantaisie des artistes et des écrivains. L'humanité qui ne tient ni l'ébauchoir, ni la palette, ni le porte-plume, est aux yeux de M. Jean-Louis Vaudoyer comme si elle n'existait pas. Quand un être de la race privilégiée traverse les rues en compagnie de la femme qu'il aime, il semble que toute vie contemporaine s'abolisse. Le cabaretier disparaît en même temps que le terrassier, le manœuvre et le passant qui vaque à des travaux sans noblesse. Et toutes ces rues sont bordées de boutiques d'antiquaires. Et toutes ces rues mènent à Rome, quand elles ne s'arrêtent point à Utrecht ou à Munich.

LA FEMME DU ROMANCIER

C'est sans doute que M. Jean-Louis Vaudoyer n'ignore point combien l'amour est une chose misérable, quand il ne se rehausse pas de tous les prestiges de l'art.

LE ROMANCIER PSYCHOLOGUE

Mais un vrai psychologue eût montré que l'amour,
loin de naître des émotions esthétiques, les crée. En
tout cas, ni l'art ni l'amour ne gagnent beaucoup à
ces jeux compliqués. Le héros de M. Jean-Louis
Vaudoyer m'étonne. Voici comment l'auteur nous
raconte la première visite de Georges Lendrieux
chez Madame de Jussey : « Georges regardait l'anti-
chambre aux lourdes colonnes de marbre rouge, et
le départ d'un escalier pompeux et sombre, au bas
duquel se dressait une statue froide et digne, qu'il
attribua machinalement à Simart ou à Pradier ».
Ailleurs, quand il s'agit d'exprimer le ravissement de
deux cœurs unis par la plus tendre amitié, M. Jean-
Louis Vaudoyer nous montre Georges et Cécile se
promenant par les rues d'Utrecht, et ajoute : « Ils
finirent la journée dans un petit magasin, près de
la cathédrale... » Et vous devinez que les meubles et
les bibelots qui s'y trouvent seront aux deux amants
platoniques d'un grand secours pour exprimer l'état
de leur âme. Nos pères ont imaginé l'amour peintre
ou l'amour médecin. Grâce à M. Jean-Louis Vaudoyer, nous avons maintenant l'amour gardien de
musée.

L'Agathonien

Et dans ce musée, nous rangerons bientôt l'amour lui-même, tel que le conçoit M. Vaudoyer, et qui, plutôt que de Vénus aux belles fesses, semble le fruit de l'hymen improbable de M. Georges Ohnet et d'une marchande italienne de cartes postales illustrées. Le temps est passé des vaines mélancolies, et l'amour n'occupe qu'une chapelle dans le temple où nous rendons un culte à la force et à l'énergie. Si nous laissons à l'enfant capricieux ses ailes, c'est pour bien marquer que nous honorons surtout en lui un précurseur : l'aviateur du temps passé.

La maitresse de la maison

Pour moi, monsieur, je ne me rangerai jamais parmi les fidèles d'une pareille religion, et je crains que beaucoup de femmes ne m'imitent. Georges Lendrieux, je l'avoue, me plaît fort. Il réalise à peu près notre idéal à toutes et l'on ne nous décidera que malaisément à dédaigner un garçon si délicat et plein de cette tendresse dont nous avons besoin plus que de toute autre chose.

LA FEMME DU ROMANCIER

Sa délicatesse ne l'empêche pas de tromper vilai-
nement Cécile.

LE ROMANCIER PSYCHOLOGUE

C'est en quoi M. Jean-Louis Vaudoyer montre
qu'il connaît les hommes ; mais, je le répète, il connaît
beaucoup moins les femmes. Je ne le chicanerai pas
sur le caractère de son héroïne. On assure qu'il existe
de ces femmes belles et glacées. Stendhal le dit :
« Quelques femmes vertueuses et tendres n'ont presque pas l'idée des plaisirs physiques ; elles y sont
rarement exposées, si je puis dire, et même alors les
transports de l'amour-passion ont presque fait
oublier les plaisirs du corps. » Mais c'est la logique
sentimentale de Cécile que je ne saisis pas bien.
Quand Cécile apprend que Georges l'a trompée, la
piqûre de la jalousie lui révèle que sa chair n'est pas
insensible. Chez cette femme si noble et si fine, un
obscur amour-propre s'éveille. Elle veut se prouver
et prouver à Georges que même dans les plaisirs que
recherchent les hommes, elle ne le céderait point à la
femme qu'on lui préfèra. Elle se décide à appartenir
à Georges, une seule fois. Elle se donne avec une
ardeur désespérée ; mais l'auteur ne nous cache point

qu'à ce moment elle participe aux joies qu'elle dispense. Or, malgré cet éblouissement, elle s'en va et elle se tue.

LA MAITRESSE DE LA MAISON

Oui, et la fin de ce livre m'a arraché des larmes. M. Vaudoyer a écrit là, il me semble, quelques-unes de ses meilleures pages. J'en aime la poésie tout ensemble intime et solennelle. Mais pourquoi vous étonner si Cécile se tue? Son acte la replonge dans la vie, dont elle éprouve soudain la grandeur et la mystérieuse noblesse. Qu'elle continue de vivre, il lui en faudra découvrir la médiocrité quotidienne. N'a-t-elle pas connu l'amour? Il est naturel que, pour ne pas souiller la belle image, elle l'emporte avec soi dans la mort.

LE ROMANCIER PSYCHOLOGUE

M. Jean-Louis Vaudoyer est un poète, un rêveur exquis. La psychologie la plus élémentaire l'eût incité à nous montrer son héroïne non pas se suicidant, mais se rattachant à la vie, à la médiocrité quotidienne trouée d'éclairs éblouissants. Et M. Jean-Louis Vaudoyer, en veine de réalisme, nous peindrait une Cécile moins désolée lorsque, comme cela arrive à la page 236, elle « gagne la pièce voisine et se contraint aux soins les plus humiliants ».

L'AGATHONIEN

Parfaitement! Au moins, ce livre servirait à propager le goût de l'hydrothérapie qui, avec le sport, peut seule remédier à la dégénérescence de la race.

LE MAITRE DE LA MAISON

Votre science du cœur, cher maître, perce quelques illusions consolantes, mais je la crois exacte. Ah! quel don Juan l'on doit être, quand on connait si bien les femmes!

LA FEMME DU ROMANCIER

N'est-ce pas? C'est inquiétant.

LE MAITRE DE LA MAISON

Où donc est le volume de M. Jean-Louis Vaudoyer? (*Bas, à la femme du romancier.*) A bientôt, ma chérie.

LA MAITRESSE DE MAISON, *bas à l'Agathonien*

A minuit juste. La porte sera entrouverte.

L'AGATHONIEN, *de même*

Prenez garde que je ne vous trouve pas en compagnie de M. Georges Lendrieux.

LA MAITRESSE DE MAISON, *de même*

Petite canaille, faut-il que je t'aime !

LE ROMANCIER PSYCHOLOGUE

Vous ne retrouvez pas la *Maîtresse et l'Amie*? Tenez, voici le *Lys Rouge,* d'Anatole France. Emportez donc ça. *(Tous sortent; entre une femme de chambre. Don Juan s'assure que nul ne le voit; puis il lutine la servante).*

Les Jardins de l'Intelligence [1]

La première fois que je vis le nom de M. Lucien Corpechot, il signait un article de la *Revue des Idées,* intitulé : « l'Esprit de France ». C'était, je crois, en 1904 ou 1905. On venait de mener une enquête sur l'influence allemande en France, et les réponses avaient donné prétexte à des discussions sur les qualités respectives des différentes races, ou plutôt des différentes nations européennes. Par quels traits spécifiques se distinguait la France ? Les idéologues à la grosse avaient beau jeu à insister sur l'impossibilité de définir une tradition ..ançaise, et à énumérer quatre ou cinq ou dix traditions opposées. Ils citaient Rabelais et Fénelon, Pascal et Voltaire, La Fontaine et Victor Hugo. Et de sourire. M. Lucien Corpechot, essayant de se retrouver parmi cette confusion, laissait là le contenu pour s'occuper de la forme de

(1) par Lucien Corpechot (Emile-Paul, éditeur).

l'esprit français, négligeait momentanément la réalité
sur quoi notre intelligence s'exerça, pour considérer
les conditions sous lesquelles se présentait à nous
cette réalité. Et il s'arrêtait à cette formule d'un biolo-
giste : « Chez les grands Français, l'intelligence
s'élève à la dignité d'organe différencié ». Formule
excellente en effet. Dans le domaine de la matière,
elle permet de comprendre en quoi consiste l'esprit
scientifique ; portée dans le domaine de l'esprit et de
l'art, elle fournit la définition du classicisme.

Il semble que le nouveau livre de M. Lucien Corpechot forme une illustration de cette vérité.
L'auteur a voulu nous faire reconnaître dans les géo-
métries végétales de Versailles, des Tuileries, de
Chantilly, une des plus belles réussites de l'esprit de
France. Pour cet organe différencié qu'est devenu
chez nous l'intelligence, il fallait des plaisirs nouveaux : tandis qu'aux jardins d'Angleterre ou d'Italie
on s'occupe seulement de satisfaire la sensibilité ou
d'amuser l'imagination, le génie de Le Nôtre dessi-
nant à Versailles les murailles d'arbres et les miroirs
d'eau permit à l'intelligence de goûter le souverain
bien dans la contemplation de ses propres lois.

L'art d'un Le Nôtre n'est pas d'improvisation. Dès
le moyen âge, les jardiniers français avaient créé et
suivaient une tradition nationale, que les gentillesses

italiennes menacèrent bientôt d'abâtardir. M. Lucien
Corpechot nous fait assister aux progrès de leur art,
qui avait besoin, pour atteindre son plein épanouis-
sement, de la volonté des hommes et de l'agrément
du sort, des circonstances sociales et de l'intervention
du génie : la France eut Louis XIV, et Louis XIV
distingua Le Nôtre. Mais après cette heureuse rencontre, combien d'obstacles restent à vaincre ! C'est
un des plus beaux triomphes de l'homme sur la
nature que la création de ces terrasses, de ces bos-
quets, de ces allées, de ces nappes liquides, là où l'on
ne trouvait qu'un désert sans eau. Il faut agrandir
le symbole, comme fait M. Lucien Corpechot, et considérer en Louis XIV une sorte de possédé de l'idée
de perfection, un ministre de l'intelligence en lutte
contre les forces inconscientes, pour ne point juger
folle prodigalité et caprice coupable, le dessein royal
de faire naître une forêt sur le sol le plus ingrat. Il
y a plus de calme sagesse à profiter des complai-
sances de la nature, mais sans doute fallait-il montrer une fois, par un exemple éclatant, de quoi sont
capables le génie et la puissance, quand l'un s'appuie
sur l'autre. C'est là, pour Versailles, un titre de plus
à notre amour.

Il ne manque pas, d'ailleurs, à la cité des eaux.
Lequel, entre les jeunes écrivains, n'a point écrit, à

l'imitation de M. de Régnier, quelque sonnet sur les jardins de Versailles ? Les sonnets souvent ne valent pas grand'chose, mais la mode est heureuse qui pousse à les écrire. Oui, pour retrouver le chemin de Paros, c'est la route de Versailles qu'un Français doit reprendre. D'autres lieux du monde ont des charmes ; celui-ci seulement, pour employer l'heureuse expression de M. Lucien Corpechot, « satisfait à tous les besoins de notre esprit et lui assure le calme et la paix de la solution la plus élégante ».

En composant ce livre, M. Lucien Corpechot a écrit un bon chapitre de la philosophie de l'art en France. Le danger, pour un tel ouvrage, c'est de s'apparenter beaucoup plus à la philosophie qu'à la critique esthétique. Je sais des gens qui diront qu'il n'est pas besoin de déclancher tout un appareil psychologique pour nous rendre raison des plans d'un simple jardinier.

Mais ces gens-là ont tort, M. Lucien Corpechot a raison, et les contemporains de Le Nôtre comprenaient parfaitement les idées du jardinier. Il ne faudrait pas croire, en effet, que lorsqu'on parle de « discipline classique » — et on en parle beaucoup depuis quelque temps, — il s'agisse d'un mythe créé après coup et pour les besoins d'une cause : les théoriciens du classicisme, ce furent d'abord les classi-

ques eux-mêmes. Les gens de cour qui rencontraient
Le Nôtre dans les allées de Versailles pouvaient dire
— cent documents en témoignent — ce que le favori
du roi avait apporté de nouveau dans son art, et qui
n'était autre chose que le sentiment de la perfection.
La perfection contient toutes les grandeurs ; elle peut
se passer de bien des grâces accessoires ; c'est pourquoi les seigneurs de ce temps-là renoncèrent volontiers aux fantaisies italiennes et comprirent que Le
Nôtre, en subordonnant la sensibilité à la raison, les
introduisait à un ordre de beauté plus élevé, et qu'en
fin de compte la sensibilité n'y perdait rien, et y
gagnait peut-être, contrairement à l'opinion de nos
détraqués. Dès le dix-septième siècle, un écrivain
remarquait que Versailles convient également aux
promenades des philosophes et aux rêveries d'un
amant délaissé.

Ces rapports de l'intelligence et de la sensibilité au
cours de la création de l'œuvre d'art, nous les distin-
guons en suivant, avec M. Lucien Corpechot, les travaux successifs de Le Nôtre, qui tantôt ajoute à son
plan primitif et tantôt le modifie, selon les besoins de
la perspective, et pour orienter l'esprit dans la bonne
voie. Cette voie, il convient de le dire pour ceux qui
jugent « insignifiant » le classicisme, ouvre directement sur l'horizon ; les allées de Versailles mènent

doucement jusqu'à l'infini, non pas, à vrai dire, cet infini qui est un thème de la métaphysique allemande, mais celui dont les vers de Racine sont tout enveloppés. Car c'est la grandeur du cerveau humain de concevoir l'infini, où l'univers ne montre que le néant.

Napoléon et M. Léon Bloy

Pour le critique qui ne sui se prémunir des lumières de l'Esprit-Saint, il est spécialement difficile de
parler de M. Léon Bloy. Certes, mon embarras serait
moindre, si je pouvais ici considérer seulement en
Léon Bloy un romancier, l'auteur de la *Femme
Pauvre* et du *Désespéré*, et je devine que le ton de
cet article en deviendrait tout différent. Mais l'*Ame
de Napoléon* appartient au genre prophétique, et non
au genre romanesque. Car M. Léon Bloy est prophète en son propre pays, que l'on nomme Bourg-la-
Reine. Sa pensée se trouve rarement de niveau avec
notre esprit médiocre, parce qu'elle passe sans cesse
des régions sublimes où, comme fit Moïse, on con-
temple Dieu face à face, à ces bas-fonds pestilentiels
où les démons s'occupent à tirer par les pieds notre
humanité misérable. Son cœur ne connaît que le
ravissement ou la haine ; son carquois littéraire ne
contient que deux flèches : le dithyrambe ou l'injure ;
et son vocabulaire semble hanter tour à tour la voie
lactée et le labyrinthe d'un égout. Or, un même destin
guette tous les écrivains qui subissent si étroitement

le joug de leur sensibilité : en eux le pamphlétaire a
tôt fait de supplanter le lyrique. L'idéal dont ils se
réclament représente une unité, tandis que le nombre
est infini des gens qui méconnaissent cet idéal. Voilà
pourquoi, parmi nos hommes de lettres, également
soucieux d'augmenter leur production et d'éviter la
monotonie, on en voit beaucoup qui s'occupent à
vitupérer les mécréants plutôt qu'à entonner les
louanges du vrai Dieu.

En vérité, M. Léon Bloy ne s'arrête pas court, lorsque l'heure a sonné de l'enthousiasme. Au rebours
de nos plus fameux rétractaires et de nos anarchistes patentés, qui sombrent dans la niaiserie chaque
fois qu'il s'agit de dire leurs amours au lieu de crier
leurs dédains, M. Léon Bloy, dans ces instants-là,
trouve ses plus beaux accents. C'est qu'il a la foi.
Je ne me sens ni le droit ni le goût de douter de sa
sincérité. Un homme qui a la foi fournit un spectacle
étonnant. L'étonnement produit l'admiration, et l'admiration conduit à la crédulité. Considérons donc, en
M. Léon Bloy, un auteur sacré. On conviendra pourtant que ce n'est pas à ce saint caractère qu'il doit le
plus clair de sa réputation, ni cette espèce de renom
de prosateur maudit qui le relègue un peu en marge
de la littérature contemporaine. M. Léon Bloy devint
célèbre à une époque où le public français, complète-

ment désorienté, faisait bonne mine à ceux qui l'accablaient d'outrages, et, semblable à quelque vieux libertin, recherchait qui le brutalisait. Cette maladie passagère nous valut le théâtre « rosse » et plusieurs autres horreurs. Elle a passé. Mais les titres des ouvrages de M. Léon Bloy subsistent, et donnent à penser que sa plume flétrit les Pharisiens et les vendeurs du Temple plus souvent qu'elle ne glorifia les Trônes ou les Dominations. Même dans son dernier livre, qui appartient à une autre veine que le *Pal*, *Léon Bloy devant les Cochons*, ou *Quatre ans de captivité à Cochons-sur-Marne*, M. Léon Bloy n'a pu se défendre de placer, selon le mode prophétique, le verset d'imprécations à côté du chant d'allégresse. Sa fureur ne se répand que sur un petit nombre de pages, mais ce sont des pages bien remplies.

Henri IV n'était qu'une canaille, et M. Léon Bloy qualifie de providentiel le couteau de Ravaillac. Louis XIV apparaît comme l'un des plus médiocres bellâtres qu'on ait jamais vus, et M. Léon Bloy, dans son apostolique douceur, ne saurait lui pardonner « l'expulsion bête de deux ou trois cent mille calvinistes, qu'il eût été facile et si rafraîchissant de massacrer. » Que dire du bourbeux Louis XV, dont M. Léon Bloy parle aussi intelligemment qu'un bigot parle de Voltaire? Louis XVI faisait « un excellent objet pour

la guillotine », et Louis XVIII est comparable à « un
sac d'excréments ». Telle est l'histoire de France,
reconstituée par M. Léon Bloy. Mais quelque chose
manquait à son œuvre : au faîte de ce monument de
stupidité, il accroche un étendard, et cet étendard
porte l'effigie de Louis XVII. Lequel? Et s'agit-il
du faux-monnayeur allemand? Pour les ennemis de
l'ancien régime, qui seraient tentés d'approuver le
jeu de massacre auquel se livre M. Léon Bloy, j'al-
longe la citation. « On ne finirait pas, — dit M. Léon
Bloy, après avoir copieusement injurié les révolutionnaires — de prostituer l'imagination s'il fallait parler
de Louis-Philippe, du capitulard de Sedan, de notre
salope de République », etc...

Pourquoi ce flot d'anathèmes épargne-t-il Napoléon Iᵉʳ ? Il est difficile de le deviner. On voit bien
que M. Léon Bloy a lu, très jeune, une histoire de
Napoléon, qui l'émerveilla pour toujours. Mais on
découvre bientôt une autre cause à l'admiration de
M. Léon Bloy pour l'empereur. M. Léon Bloy reconnaît distinctement en Napoléon Iᵉʳ un messager de la
Providence, un missionnaire du Destin. Est-ce l'Ante-
christ? Est-ce une préparatoire incarnation de l'Esprit-Saint? On l'ignore. Un peu de mystère est nécessaire à la vraie beauté, et je vous ai dit en commençant qu'il est malaisé de comprendre les prophètes,

et d'en parler. Le certain, c'est que Napoléon fut
bouté sur terre pour servir des desseins supérieurs :
Gesta Dei per Francos. « Il naît dans une île, écrit
d'une plume inspirée M. Léon Bloy. Il fait cons-
tamment la guerre à une île. Quand il tombe pour la
première fois, c'est dans une île. Insulaire par naissance, insulaire par émulation, insulaire par nécessité de vivre, insulaire par nécessité de mourir... »
Après cela, pour douter que Napoléon fût l'envoyé
du Seigneur, il faudrait ne pas croire à la malédic-
tion du chiffre 13 ; il faudrait être un païen.

Il importe de parler des fautes de Napoléon, qui
sont formidables, comme tout ce que faisait ce grand
homme. Il s'agit de fautes, vous entendez ; n'allez pas
parler de crimes, de la félonie de Bayonne ou de l'as-
sassinat du duc d'Enghien ! Les fautes de ce genre,
on n'en ferait des crimes que si leur auteur s'appelait
Louis XIV, cet imbécile, ou Louis XVIII, ce sac
d'excréments. Les fautes de Napoléon sont d'ordre
politique ou militaire. Mais qui ne voit que d'abord
elles étaient voulues par le destin, et qu'ensuite, elles
étaient causées par les fautes de ses sinistres prédé-
cesseurs ? Mais alors... c'est donc que le destin avait
déjà voulu ces fautes-ci, qui conditionnaient et pré-
paraient celles-là ? Chut !... N'essayez pas de vous introduire dans les desseins de la Providence ! Les voies

de Dieu étant insondables, il convient que soit tout
à fait incohérente la pensée de M. Léon Bloy, son
prophète. Qu'arriverait-il, si l'on voyait clair dans
ses idées, si l'on apercevait, à travers l'eau transpa-
rente, au lieu du sable aurifère, quelques cailloux ?

D'un livre qui s'intitule l'*Ame de Napoléon*, on
pouvait attendre quelques renseignements inédits sur
la psychologie de l'empereur, mais M. Léon Bloy,
tout occupé à comprendre les choses du point de vue
de l'éternité et à déchiffrer l'invisible, ne s'est pas
soucié de ces détails. L'historien qui nous a prouvé
l irréalité de Napoléon, et son identité avec le soleil,
s'en était-il avisé ? Pourtant, M. Léon Bloy nous parle
quelque part de la tristesse de Napoléon et de sa
grande solitude. Ce sont les meilleures pages, trop
courtes, de ce livre, dont la pensée est puérile (il
s'agit, j'y insiste, d'un livre et non de l'œuvre entière
de l'auteur du *Désespéré)* et le style souvent très
beau. Je ne croyais pas possible un tel contraste entre
la pauvreté de l'idée et la richesse de son vêtement ;
mais M. Léon Bloy, qui est prophète, accomplit avec
aisance ce miracle. Cela m'incline à reconnaître qu'il
est marqué du signe sacré. Le Dieu qui conduisit
Homais à Pathmos peut bien, quand il lui plaît, faire
de Bouvard un styliste, et départir une étincelle de
génie à l'humble Pécuchet.

M. Marcel Boulenger

I

Le Marché aux Fleurs [1]

Nous devons avoir à M. Marcel Boulenger une gratitude infinie. Il a fait beaucoup pour nous débarrasser de l'idéologie qui régnait souverainement, vers 1890. Il a enflé ses joues et soufflé très fort, et la brume des fjords a quitté notre ciel. La complicité d'Eole, divinité capricieuse, ne lui fut pas inutile ; mais enfin, il a accompli de son mieux la tâche que lui marquait le destin. Il a contribué à propager cette idée salutaire qu'il ne suffit point de porter les cheveux longs pour cesser d'avoir les idées courtes ; si bien qu'aujoud'hui, les jeunes écrivains supposent qu'en portant les cheveux courts, ils auront sûrement

----

(1) roman, (Pierre Laffite, éditeur).

des idées longues. Autre erreur, mais où les coiffeurs trouvent leur compte. La vérité, comme toujours, doit être au point le plus éloigné des deux extrêmes, et c'est pourquoi l'on peut en toute confiance recommander aux jeunes écrivains la coiffure aux enfants d'Edouard.

M. Marcel Boulenger apparaît comme une des figures les plus aimables de la littérature contemporaine. Je parle de l'homme aussi bien que de l'auteur, et je ne distingue point l'un de l'autre, car le départ est impossible. Imaginez-vous ce causeur charmant, ce parangon d'élégance et de politesse, écrivant des articles incendiaires, ou brossant de larges fresques romanesques, toutes frémissantes de vie? Pas plus que je ne m'attends, quand je considère, sur ma table, ce vase dont des foudres forment la décoration Louis XVI, à ce qu'en sorte soudain le tonnerre de Dieu.

Ce que nous aimons dans les chroniques de M. Marcel Boulenger, c'est lui-même. C'est lui-même encore que nous aimons dans ses romans. Et lui-même a voulu être et est en réalité le type de l'homme de société. Il ne se plaît qu'aux plaisirs de société. Ses articles sont des causeries alertement menées. Je vous ai déjà dit qu'il est un causeur charmant, et c'est tout juste si on peut lui

reprocher de causer trop souvent du charme de la
causerie. Elégant cavalier, il ne néglige pas de nous
vanter à tout propos les mérites de l'élégance et l'utilité de la cavalerie. C'est tenter l'esprit de contradiction. Ne cédons pas à la tentation. M. Marcel Boulenger a bien raison de penser que l'apparence des
choses n'est point négligeable, ni méprisable tout le
gracieux accessoire de la vie. A présent, si à force
de s'occuper de l'accessoire, il a fini par ne plus voir
l'essentiel, il faut convenir que l'écueil était inévitable. Sans retomber dans l'affreux jargon de garçon boucher qui fut de mode au temps du natura-
lisme, sans parler de « tranches de vie », on peut
comparer l'écrivain à un opérateur. Mais M. Marcel
Boulenger est un opérateur délicat. Avant de toucher
à ses instruments, il met ses gants. Les ayant mis, il
les trouve très jolis. Et il lui arrive quelquefois d'oublier qu'il y a un être vivant devant lui, sur la table
chirurgicale...

N'allez pas cependant faire à M. Marcel Boulenger l'injure de croire qu'il s'occupe uniquement de
colifichets. Je sais plusieurs chroniques de lui qui, en
même temps que fort jolies, — elles le sont toutes —
me semblent merveilleusement justes. M. Marcel
Boulenger se mêle souvent d'affaires sérieuses, d'apparences d'affaires sérieuses : par exemple, il a écrit

sur l'*orthographe*, cette apparence du style. Mais ces affaires sérieuses, il les traite d'une façon qui lui est particulière, et que je vais essayer d'indiquer. Il y a certaines manières de voir, de sentir, de vivre, que M. Marcel Boulenger juge bonnes et belles. Il y a un certain air de crânerie, un certain ton de chevalerie qui lui plaisent par dessus tout. Et dans quelque ordre d'idées qu'il entre, il amène avec lui ses préjugés, — ne donnons à ce mot nul sens péjoratif. C'est ainsi qu'il évalue les mérites d'un politicien, comme il ferait s'il s'agissait d'un sous-lieutenant de hussards. On avait pu croire jusqu'ici que M. Marcel Boulenger ne nourrissait pas beaucoup de tendresse à l'égard des socialistes. Eh bien, dans son dernier livre, *le Marché aux Fleurs*, le personnage sympathique est un socialiste, un partageux. Pourquoi ? Parce que ce socialiste est rasé de près, s'habille bien, ne cause pas mal, et monte à cheval le mieux du monde. M. Marcel Boulenger ne se dit pas : tiens, ce monsieur, quoique socialiste, n'est pas trop insupportable. Il s'écrie : Ah ! quel homme charmant ! Faisons-nous tous socialistes ! Et il est piquant d'entendre ce hardi homme de lettres, ce duelliste redoutable, raisonner exactement comme une femme.

Dans ce *Marché aux Fleurs*, M. Marcel Boulenger part en guerre contre les mariages de raison, qui sont

le plus souvent d'affreux marchandages ; et ce qui
l'indigne, ce n'est pas tant l'amoralité de ces opéra-
tions que l'hypocrisie dont la bourgeoisie prétend les
couvrir. M. Marcel Boulenger est dans le vrai :
mieux vaut cent fois ne point mêler les genres, mais,
comme c'était la coutume au dix-huitième siècle,
traiter à part les affaires de convenances sociales, et
les affaires de l'amour. De cet heureux sujet de chronique, M. Marcel Boulenger a tiré un petit roman.
Aussi bien, ses personnages ne font jamais qu'illustrer ses idées. Le livre est dédié à M. Abel Hermant,
et non sans cause. On y trouve en effet, de fines sati-
res. On y reconnaîtra sans peine certain couturier
qui... Mais quelle rage possède donc ces écrivains de
railler si cruellement un monde où il ne leur déplaît
pas de fréquenter ? Alceste, au moins, songe à se
faire ermite. Oui, mais nos misanthropes le dépas-
sent en courage. Et doutez-vous que, s'ils consentent
à fréquenter les précieux ridicules, ce soit pour nous
les décrire avec leurs tares et nous éloigner d'eux ?
Je vous dis qu'ils ne songent qu'au bien de l'humanité !

M. Marcel Boulenger y songe même fréquem-
ment, mais il le conçoit d'une façon très spéciale.
Le jour où les primaires n'auront plus le droit
d'écrire, où le mauvais goût sera proscrit (le génie

aussi, c'est quelquefois un petit corollaire), où toutes
les femmes seront jolies et s'habilleront bien, où tous
les jeunes gens seront dandies, sans cesser de demeu-
rer un peu lettrés, je pense que le paradis, tel que
l'imagine et le rêve M. Marcel Boulenger, sera réalisé sur la terre. Il est possible que certaines âmes
aspirent à un bonheur moins superficiel, mais ces
âmes-là n'intéressent guère M. Marcel Boulenger. Il
a toute la grâce et toute la légèreté d'un de ces abbés
de cour qui ne croyaient pas en Dieu, mais feignaient
de croire à l'amour. Son œuvre ne fait qu'effleurer la
vie ; jamais elle n'entre en contact direct avec la réalité. On songe à ces danseurs qui déploient une
adresse merveilleuse à glisser sur des braises dont
ils évitent la brûlure. On éprouve, à suivre leur jeu,
une angoisse si forte, qu'on en vient presque à désirer qu'ils n'éludent pas plus longtemps les lois naturelles, qu'ils aient un instant de défaillance ; on en
vient à espérer un cri de douleur...

On n'entend jamais de cris, dans les livres de
M. Marcel Boulenger. On n'y surprend pas non plus
la moindre faute de syntaxe. Et il convient de parler
enfin du principal mérite de M. Marcel Boulenger.
Il est, avant tout, un écrivain amoureux de son art,
de la forme de la phrase française. On sent qu'il
jouit de la propriété de termes, d'un joli tour de

langage, de la variété de la syntaxe. Prenez au hasard une page de lui, vous y ferez des découvertes. Soyez reconnaissant à la coquette : c'est pour vous que fut posée cette mouche. Cent petits détails vous sollicitent et requièrent de vous une seconde d'attention souriante. Je sais bien que, dans la très grande prose, les détails se remarquent moins. Mais sous prétexte de grand art, on était venu à écrire le plus étrange charabia. M. Marcel Boulenger est de ceux qui distinguèrent les premiers la maladie et apportèrent le remède. Encore une fois, nous lui devons, outre de grands plaisirs intellectuels, une gratitude infinie.

II

Introduction à la vie comme-il-faut [1]

Une jeune femme.
Un Critique.

UNE JEUNE FEMME

On m'a dit que M. Marcel Boulenger était notre arbitre des élégances; je viens d'acheter son petit livre: *Introduction à la vie comme-il-faut*. Je pense y trouver des conseils précieux, dont profiteront mes fils, quand ils auront vingt ans. Me trompé-je?

UN CRITIQUE

Je peux vous répondre depuis un instant. J'ai eu longtemps entre les mains le livre de M. Marcel Boulenger, mais quand la certitude du plaisir que j'y

---

(1) Ollendorff, éditeur,

prendrais me poussait à le lire, j'étais retenu par le souci d'avoir à en parler. Enfin, je viens de le terminer.

LA JEUNE FEMME

Eh! quoi, était-il donc si pénible de confesser tout uniment votre bonne impression? Et faut-il croire ces jaloux qui se répandent en propos amers, touchant le caractère des critiques?

LE CRITIQUE

Il est toujours profitable de croire les hommes, quand ils disent du mal de leurs semblables; cependant, rien n'expliquerait la malveillance des critiques à l'endroit de M. Marcel Boulenger. Il est de notre compagnie. Nous critiquons les livres; il critique les mœurs. Aussi nul ne songe-t-il à malmener cet écrivain charmant et se borne-t-on à le craindre. *Timeo hominem unius libri*, chère madame; permettez-moi de ne pas traduire puisque, comme tout le monde, vous avez lu *Cornélie ou le latin sans pleurs*. Cette forte parole semble n'avoir été prononcée que pour fournir une devise aux critiques, je parle de ceux qui accomplissent scrupuleusement leur tâche, car, pour les autres, rien n'est si précieux que l'homme d'un seul livre. Vous saisissez tout de suite pourquoi.

LA JEUNE FEMME

Sans doute. A l'écrivain d'un seul livre correspond le critique d'un même article toujours répété.

LF CRITIQUE

Or, j'ai déjà écrit plusieurs articles sur M. Marcel Boulenger. J'ai noté l'heureuse influence de son esprit sur les jeunes gens qui s'en imprègnent. M. Marcel Boulenger est un moraliste, mais à l'encontre de ses émules, — et Dieu sait s'ils sont nombreux ! — il ne commence point l'exposé de son système par un résumé de tous les systèmes qui l'ont précédé. Ignorance ou dédain, je n'en saurais décider, mais peut-être un peu de l'un, un peu de l'autre. Cela est excellent. M. Marcel Boulenger ne démontre pas, il montre : il montre un exemple aimable d'honnête homme à la française, et cette méthode d'éducation paraît bien la meilleure.

LA JEUNE FEMME

Tout ce que vous dites là me le rend fort sympathique. Si vous voulez mon humble avis de femme, je vous avouerai qu'il se fait, à mon sens, un très grand abus de doctrines et de systèmes. Je me suis laissé dire que certains professeurs se mêlent d'expliquer aux enfants, avec syllogismes à l'appui, com-

ment le patriotisme, par exemple, est fondé en raison, et pourquoi il vaut mieux être homme de bien
que fripon. J'en tremble, car qui peut, en ces matières, démontrer le pour, n'est pas éloigné d'admettre
qu'on lui puisse démontrer le contre, et les discussions de ce genre offrent pour moi quelque chose
d'inhumain et même de diabolique.

LE CRITIQUE

Vous leur faites bien de l'honneur, mais je vous
donne cent fois raison, et M. Marcel Boulenger vous
applaudirait, d'abord parce que vous êtes femme, et
aussi parce qu'il juge exactement comme vous. Au
reste, il juge toujours un peu comme font les femmes, dont toute la science n'est qu'un appel incessant
à l'instinct. Mais il s'agit ici d'un instinct longuement
poli, celui qui nous indique une incontestable hiérar-
chie des êtres, des idées et des choses, et grâce auquel
nous préférons un délicat à un rustre, un Français
à un Allemand, et Marcel Boulenger à M. Ferdi-
nand Brunot, réformateur de l'orthographe.

LA JEUNE FEMME

Pour mes fils, dont je veux faire de bons petits
français, je ne choisirai pas d'autre maître que
M. Marcel Boulenger.

LE CRITIQUE

Le choix est bon.

LA JEUNE FEMME

Encore un coup, pourquoi balanciez-vous à l'écrire?

LE CRITIQUE

C'est que je l'ai écrit déjà, vous dis-je, et que je ne puis me répéter sans cesse, ne possédant pas le souple talent d'un Marcel Boulenger. Malgré moi, j'eusse été amené à revenir sur mon jugement, à piquer des épigrammes sur la guirlande que j'avais tressée. Cette sagesse cavalière, cette aimable assurance dont j'ai noté l'utilité et le charme dans toutes les affaires qui concernent la règle de notre vie et le gouvernement de notre sensibilité, qui sait si je n'aurais pas indiqué ce qu'elle peut présenter, en certaines occasions, d'insuffisant? La nature et le cours des siècles nous enseignent la meilleure manière de nous comporter, dans le petit champ où nous plaça le hasard, et nous invitent à ne point briser notre chaine pour aller cueillir hors du pré...

LA JEUNE FEMME

...Des herbes empoisonnées peut-être? Ce serait folie.

LE CRITIQUE

...Ou les fleurs de la haie, pour obéir à la voix de la fantaisie divine !

LA JEUNE FEMME

Rappelez-vous la chèvre dont parle Alphonse Daudet !

LE CRITIQUE

Ah ! soyez sûre que M. Seguin devait lui réciter tous les jours les préceptes de l'*Introduction à la vie comme-il-faut,* revue et mise à la portée des chevrettes. Pauvre petite ! Elle a voulu s'encanailler, comme une grande dame ; c'est un instinct aussi qui criait en elle, un instinct exactement opposé à celui dont nous parlions tout à l'heure, mais aussi vieux que lui. Grâce au premier, le monde continue d'exister, mais c'est grâce au second qu'il vaut de ne point disparaître. Je crains que M. Marcel Boulenger, qui aime si fort tout ce qu'il aime, ne dédaigne trop de choses, contrairement à ce que conseille Leibnitz. Dieu me garde d'une esthétique qui pour tout principe ne connaît que l'appel aux entrailles ! Mais je crois que certaines œuvres qui me remuent jusqu'à l'âme le laissent assez indifférent, et qu'en retour, bien des choses auxquelles il attache un grand prix me paraissent

billevesées. Je lui reproche quelque excès, si l'on peut
dire, dans la mesure, et de risquer par là de gâter tout
le fruit que l'on est en droit d'attendre de ses leçons.
Quand je cause avec ce puriste, je redoute toujours
qu'il ne découvre une faute de français sur le plas-
tron de ma chemise : un enfant qui l'écouterait, par
esprit de contradiction serait tenté de se barbouiller
d'encre les mains et le visage.

LA JEUNE FEMME

Un critique ne doit pas céder à l'esprit de contradiction.

LE CRITIQUE

Sans doute, mais il y faut un effort, qui vous
explique ma gêne et mon retard à lire le dernier ouvrage de M. Marcel Boulenger. Je l'ai porté, durant
tout un voyage, comme un remords. Il m'accompa-
gna en wagon, en bateau, en voiture et même en gon-
dole. Je l'ai posé sur des banquettes de café et sur
des tables d'hôtel. Dans ma main, il franchit le seuil
des églises et jusqu'à la porte des cloîtres. Ainsi ce
petit livre, tout plein des voix du siècle, contribua à
mon avancement spirituel, en me rappelant le devoir.
Dans le cloître de San-Zeno, tandis que je regardais

les petits lézards cuire au soleil, sur les pierres sécu-
laires, et que je sentais pénétrer en moi cette calme
allégresse que partout, dans Vérone, on respire avec
l'air, le mélancolique avertissement qu'échangent les
moines montait, à peine modifié, des pages du livre
à mon oreille : « Frère, disait-il, frère, il faut
écrire ! »

LA JEUNE FEMME

Ecrire, mais ce doit être une joie !

LE CRITIQUE

Ecrire comme M. Marcel Boulenger, oh ! oui, le
bel exercice ! Ses phrases ont un air de finesse et je
dirais de propreté, qui enchante : pas un grain de
poussière. Savez-vous à quoi je pense, en le lisant ?
A ces jolies machines qui actionnent les bateaux et
dont on voit, de l'entrepont, les organes nus et lui-
sants. Ou bien ce style évoque encore l'image d'un de
ces admirables lévriers qu'aime M. Marcel Boulenger
tout muscles et cependant gracieux et légers. Quand
vos fils auront vingt ans, Madame, tous les petits
Français penseront, je l'espère, comme M. Marcel
Boulenger ; ils n'auront plus besoin de ses conseils
de morale pratique, mais ils gagneront toujours à
le lire, pour apprendre ce qu'est le bon langage.

LA JEUNE FEMME

Mais enfin, qu'enseigne l'*Introduction à la vie comme-il-faut* ?

LE CRITIQUE

C'est un ouvrage ironique, une démonstration par l'absurde. M. Marcel Boulenger nous présente deux snobs d'aujourd'hui et leur indique le moyen d'être plus complètement ridicules encore et un peu odieux.

LA JEUNE FEMME

J'entends bien. Il espère par là inciter les jeunes gens à réaliser en tout un contraste complet avec ces grotesques. Mais, voyez-vous, ces grotesques-là ont survécu aux railleries de Molière. M. Marcel Boulenger prétend-il les exterminer ? Non ? Alors, que ne les laisse-t-il tranquilles et ne s'occupe-t-il d'autre chose ? Que ne dénonce-t-il des ridicules ou des maux auxquels il n'est pas impossible de porter remède, parce qu'ils ne tiennent pas à l'humaine nature, mais à l'organisation sociale ?

LE CRITIQUE

C'est justement ce que je me propose de demander à cet écrivain parfait, qui fut souvent un pamphlétaire redoutable : vous venez de m'indiquer le sujet de mon article. Merci.

Le Testament d'un Intellectuel

M. Julien Benda n'a pas obtenu le prix Goncourt pour 1912. Mais tandis qu'Hannibal ne savait pas profiter de la victoire, M. Julien Benda excelle à tirer parti de la défaite. Il a organisé avec adresse la publicité autour de son nom. On a parlé de lui plus que du lauréat. Ne craignons pas de nous arrêter à notre tour sur le roman de M. Julien Benda (1), et assez longuement. Nous le considérons en raison moins de sa valeur littéraire que du document qu'il constitue. Ce livre, qui tour à tour attire ou repousse, forme le dernier et l'un des plus complets témoignages d'un mode de sentir commun à toute une génération. Des centaines de jeunes gens font leur confession dans ces pages frémissantes et desséchées. Nous tâcherons d'y démasquer l'erreur qui consiste, sous prétexte de transposer la

---

(1) L'*Ordination* (Emile-Paul, éditeur).

vie « en connaissance », à supprimer la vie elle-
même, et à ne plus connaître, en fait de réalités,
que des mots.

Dans cet ouvrage, les derniers venus parmi les
jeunes gens chercheront, je crois, le modèle de
l'homme qu'il ne faut pas être. Pour ceux de ma
génération, ils y reconnaîtront un exemplaire d'un
type qui leur fut familier, auquel ils ont tous quelque temps ressemblé plus ou moins, — un monument d'une époque où tant de gens, par une étrange
chirurgie, s'étaient fabriqué un cœur au moyen de
leur cerveau.

*
* *

C'est un lieu commun des moralistes de célébrer
l'intensité et les riches colorations que prend, dan
un cœur d'homme, un amour dont on pressent qu'il
sera le dernier. Sa beauté jaillit et s'élance comme
une flèche, mais n'acquiert toute sa puissance émouvante qu'au point où la trajectoire s'infléchit et subit
l'attraction de la terre, au moment où la conscience
éprouve la saveur du néant. Beau faisceau d'ardeurs et d'amertumes ! A se trouver ainsi mêlées,
et si étroitement que toujours celles-ci empoison-
nent les autres, elles donnent à l'âme passionnée ce
caractère d'unité qui appartient aux grandes œuvres

de l'art. Un tel amour draîne et rassemble une si formidable force de vie, qu'il crée le désert autour de soi, et ne trouve plus dans le monde un seul objet pour le distraire. Il s'élève ou meurt sur place. Mais tandis que Didon évite la voix des hommes et la lumière du jour, le jeune Troyen regarde la mer et cherche son destin...

A vingt ans, parfois, on croit l'avoir trouvé. C'est que la condition d'un adolescent, dans une société très vieille, est singulière. La vie, et ce que l'on nomme l'expérience de la vie, se présente à lui en tableaux non point successifs, mais simultanés. Entre divers états de l'âme, il peut faire un choix, et ce choix sera souvent moins requis par un besoin véritable de l'organisme psychologique à un moment de son évolution, que déterminé par une préférence intellectuelle. Le jeune homme prétendra se libérer des lois de la durée ; il se croira parvenu d'un coup à ces stations de l'âme où seul le cours des saisons peut nous porter. En un mot, il forcera sa nature, et imitera des modèles.

Supposez maintenant ce jeune homme occupé à s'analyser sans relâche. Toute sa réflexion ne le préservera pas de tomber dans l'erreur commune, de se faire illusion sur la force ou la qualité de ses sentiments ; mais bientôt il saura qu'il se fait illusion. Tel est le héros de M. Julien Benda. Il n'a pas de passions (si ce n'est la passion de raisonner), il n'a que des idées de passions ; mais tout d'abord il ignore son infirmité. Plus tard, nous le verrons s'en glorifier. Maintenant, parce que « l'esthétique de l'amour restera toujours l'esthétique de la chaîne et des larmes », il a aimé les larmes, rivé lui-même sa chaîne, arrimé tout son présent et tout son avenir sur un frêle esquif, et repoussé du talon le rivage, sans vouloir s'avouer qu'il s'y trouvait encore des routes inexplorées offertes à sa fantaisie. Le jour où il verra que la barque fait eau, l'orgueilleuse notion de son isolement et le souci, qui ne quitte guère un jeune intellectuel, de traduire par des mots ses émotions, aviveront son angoisse. Il n'aura point la naïveté de croire que nul avant lui n'en éprouva d'aussi forte, mais il pensera — et chacun de nous, en de semblables circonstances, peut à bon droit penser de même — que personne jusqu'à lui n'en fit une description parfaitement exacte. Il l'essaiera. La vérité, la vérité, il voudra crier enfin la vérité, et lui sacrifiera au besoin la beauté, l'art, tous les vêtements qui recouvrent la nudité de la triste déesse dont il désire toucher la chair, froisser les muscles, étreindre même le squelette. Il aura le sentiment de prendre ainsi je ne sais quelle revanche.

Mais à se heurter à la difficulté de reproduire en graphiques les mouvements du cœur, il verra sa rancune contre la vie qui l'a dupé se doubler de dépit. L'amour d'un jeune homme pour une femme (c'est la première partie du livre) ou pour une enfant (c'est la seconde) considérés comme des obstacles au développement du « moi », voilà un sujet qui offre de quoi lasser l'observateur. Il ne présente pas, en effet, ce caractère d'unité dont nous parlions tantôt, et qui séduisit un adolescent mal préparé. Il comporte des contradictions, de brusques élans, des retours, cent démarches dispersées. L'écho des systèmes philosophiques récemment explorés se mêle ici au murmure spontané des sentiments. Quelles complications ! L'impossibilité de la tâche entreprise excitera notre intellectuel. Une fureur de dissection psychologique s'emparera de lui. Parce que certains traits lui échappent, parce que la courbe d'une ligne sentimentale, la mollesse d'un contour s'évanouissent quand on tente de les figurer, il s'énervera, se contractera ; il appuiera son crayon comme on enfonce un couteau.

De là cet accent rageur que prend le style de M. Julien Benda. L'auteur dépouille tous les ornements et poursuit désespérément l'expression la plus concise. Parfois, pour nous rappeler qu'il fut le col-

laborateur de M. Péguy aux *Cahiers de la Quinzaine*,
il multiplie les courtes phrases aux significations très
voisines, qui enserrent l'idée dans un réseau de plus
en plus étroit. Il croit schématiser ainsi le déroule-
ment de la vie intérieure, mais un tel procédé, contestable déjà dans l'œuvre de M. Péguy, semble bien
inutile chez un cérébral comme M. Benda, dont la
pensée procède par bonds. L'ouvrage apparaît comme une suite de notes. Dans son culte pour la vérité,
pour la tyrannique et cruelle vérité, M. Julien Benda
néglige tout souci de plaire. Sa phrase a la netteté
d'un objet qui, sous le soleil de midi, ne fait pas
d'ombre. Elle n'a pas de prolongement en nous ; elle
ne réalise pas ce merveilleux équilibre de précision
psychologique et d'harmonie indéfinissable qui constitue l'art suprême, l'art de Racine.

∴

La première partie du livre de M. Julien Benda
est une réplique de celui de Benjamin Constant. Mais
le héros de l'*Ordination*, Félix, n'a pas le naturel
d'Adolphe. Adolphe obéit à son penchant ; Félix se
règle sur des systèmes philosophiques. Félix et très
nettement situé dans le temps, au lieu que l'aventure
d'Adolphe eût pu se dérouler aussi bien trente ans
avant, trente après l'époque où la place l'auteur. Ce

Félix fut introduit à la vie intellectuelle vers 1895, je pense. Quand il rencontra Madeleine, jeune femme tendre ayant déjà souffert, et quand il se pencha sur elle, le sentiment qui l'animait était le même qui entraînait alors vers les faubourgs de nombreux bourgeois de son âge. En ce temps-là, on « allait au peuple » ; Félix, lui, va à l'amour. Même démarche. Depuis, les prolétaires ont signifié aux jeunes bourgeois remplis de bonnes intentions leur désir de préparer eux-mêmes leur bonheur ; mais les femmes ne disposent pas, comme eux, de l'arme syndicaliste ; leur faiblesse est infinie : elles aiment.

Félix, lui aussi, aime Madeleine. Hélas ! nous verrons bientôt qu'il ne fait qu'aimer, à travers elle, une certaine idée de l'amour. Le terrible est que les vrais amours et les faux naissent tout de même et que la différence des uns aux autres apparaît toujours trop tard. Qu'il l'aime ou croie l'aimer, Félix veut aimer Madeleine. Cette intervention de la volonté dans la passion peut surprendre, mais il faut louer M. Julien Benda de l'avoir signalée. Il convient, en effet, de ne point exagérer le caractère « fatal » de la passion. Tout amour que l'on souhaite durable doit être traité comme une œuvre d'art ; tout amant est un sculpteur qui pétrit la glaise, un peintre qui répartit des valeurs, un poète qui connaît d'avance le plan de son

ouvrage et sait ménager les effets. M. Julien Benda
écrit de son héros : « Il travaillait aussi l'éternité de
l'amour, n'oubliant pas de sentir sa ressemblance à
la mort ». Et sans doute, on trouve dans ce mot de
« travail », dans ce langage qui expose sèchement
les faits, quelque chose de déplaisant, mais cette impression vient de la méthode littéraire de M. Julien
Benda : Félix, lui, remplit bonnement son rôle
d'amant. Il s'attache sa maîtresse et s'attache à elle
par l'habitude ; par la sensualité, qui fait oublier à la
femme la pudeur ; par l'aveu qu'elle en vient à faire
de cette sensualité ; par la foi que sa maîtresse a en
lui ; par le sentiment de responsabilité qu'il prend à
considérer un tel amour ; par l'abandon qu'elle fait
de son orgueil, cet orgueil qui constituait sa personnalité distincte, « la seule chose qui permettrait
qu'elle se tînt encore droite si'l cessait de l'aimer ».
En somme, ils agissent comme tous les amants, et le
temps seul, qui met les passions à l'épreuve, donnera
congé de dire s'ils furent sublimes ou criminels.

En l'espèce, cependant, Félix ne mérite pas toutes
les indulgences. Sans doute, M. Benda, en rappor-
tant son aventure, nous le montre s'imaginant, de
fort bonne foi, qu'il aime. Mais M. Benda commente,
à mesure qu'ils naissent, tous les sentiments de son
héros ; sous chacune des fictions que tisse Félix,

M. Benda laisse entrevoir l'objet réel. Nous embrassons ainsi d'un seul regard et la conscience de Félix, au moment où il croit aimer, et sa conscience au moment où il a fini d'aimer, la première nous étant révélée par le récit de l'auteur, la seconde par le commentaire de l'auteur. Or, je prétends que cet artifice littéraire ne rend compte de la réalité que d'une façon très imparfaite. Les deux phases de conscience que distingue M. Julien Benda ne sont point séparées par un intervalle aussi grand qu'il nous le donne à penser. A toute minute, et bien avant que soit tombé le bandeau de l'amour, un homme rompu comme Félix à l'analyse doit se poser la question : « Est-ce que je ne me dupe pas moi-même ? » Dès lors, en un éclair de lucidité, il aperçoit le péril où il s'engage et il comprend quel est son devoir. Et si, l'ayant compris, il ne quitte pas Madeleine assez tôt pour qu'elle ne souffre pas trop de la rupture, c'est qu'il ne pense qu'à soi, c'est parce qu'il n'aime pas d'un amour absolu une femme, mais bien, à travers cette femme, l'idée de l'amour absolu.

Et n'essayez pas d'apparenter Félix à Chérubin ou à ces héros de Musset qui aiment l'Amour, bien plus qu'ils n'aiment une femme. Aimer l'amour, c'est une attitude d'adolescent qui peut s'accorder avec de la générosité et ne prouve pas un irrémédiable égoïsme. Péché de « sentimental », et non péché « d'intellectuel ». C'est un instinct qui guide Chérubin ; c'est un idéal découvert dans les livres qui dirige le héros de M. Benda. De l'ordre du désir, passons à l'ordre de la charité : c'est un instinct de bonté qui mène Jésus vers les humbles ; c'est un idéal découvert dans les livres qui attire les jeunes bourgeois vers les Universités populaires et le héros de M. Julien Benda vers une femme de condition inférieure à la sienne. Le véritable apôtre compatit : l'intellectuel en rupture de parlotte mondaine ou littéraire goûte le charme de la compatissance. Il étale à nos yeux toutes les impuretés d'une certaine charité qui n'est qu'un masque de l'orgueil.

⁎⁎

Un matin, dans une brusque révélation, le héros de M. Julien Benda perçoit qu'il n'aime plus sa maîtresse. Comme Adolphe, Félix reconnaît avec terreur dans sa liaison « la chose qui ne changera jamais ». Il en est accablé ; il vit des minutes affreuses :

> Il s'éveillait dans la conscience heureuse d'un être jeune et doux ; léger ; libre de haine ; au fond d'une vie moelleuse... Et tout de suite il sentait qu'il y avait dans sa vie quelque chose qu'il avait oublié ; qu'il allait retrouver ; qui empoisonnait tout cela... Ah ! oui... je suis en prison !

Dès lors, ce sont des alternatives de duretés et de
tendresse. Ce jeune homme, que nous avons vu chérir
en Madeleine un symbole de la souffrance et de
l'humiliation, laisser, pour la rejoindre, le monde
frivole et luxueux, croire (c'était bien naïf à un philosophe) que, nouveau Tristan, nouvelle Yseult, leur
amour s'accommoderait de la solitude, — voilà qu'il
ressent un malaise au contact de cette médiocrité tant
vantée. Eh! bien, qu'il retourne donc parmi ce luxe
et ces frivolités : ne comprend-il pas que Madeleine
supportera tout? Qu'il la trompe au besoin, si cette
infidélité passagère demeure le seul moyen de rendre tolérable une union dont les joies sont émous-
sées. Cela vaudrait mieux que de torturer méthodiquement une femme. Félix sent que c'est ainsi
qu'agirait tout autre à sa place... et c'est justement
pourquoi, lui, il n'agira pas ainsi : car que deviendrait cette idée de l'unicité de l'amour, idée qui flat-
tait son orgueil, qui le séparait du capricieux troupeau sentimental ? Félix n'a pas la spontanéité
d'Adolphe; il songe toujours à ses modèles. A propos de la femme qu'il aima, toutes les théories sur
la femme lui reviennent en mémoire. Son cas se présente à son esprit comme un problème philosophique
à résoudre. Félix se donnait selon Tolstoï; il va,
selon Nietzsche, se reprendre. Ah ! le bon billet

qu'ont les femmes amoureuses d'un intellectuel ! Déjà l'instabilité de nos sentiments pouvait causer bien des douleurs ; que sera-ce, si nous prenons pour un mouvement profond du cœur une émotion intellectuelle puisée dans les livres du philosophe auquel, pour un temps, nous accordâmes notre préférence?

Félix, nietzschéen, triomphe donc de la pitié. M. Julien Benda a mis en action la pensée de Zarathoustra sur la dureté des « maîtres », qui est souvent une faiblesse rudement martelée. A cette influence près, ses pages sur la pitié que l'on prend de l'être que l'on fait souffrir, sur le courage qu'il faut pour n'y pas succomber, sont les plus originales du livre :

> Il allait haletant, dément de compassion, ne pensant qu'à cette femme, ne sentant que par elle, se substituant à elle, dans un vrai état d'altruisme, d'altération du moi, d'altérité du moi. D'aliénation sentimentale... Et il songeait à ceux qui ont raillé ces choses... « On a toujours assez de force pour supporter les maux d'autrui. » L'imbécile! Comme si la compassion n'était pas justement que les maux d'autrui deviennent les vôtres...
>
> ...Et il songeait à ceux qui ont prêché la pitié... Les maudits! Les maudits! Ils ne l'ont pas sentie!

Tout cela est émouvant, si l'on veut. Encore ne puis-je m'empêcher de songer que la pensée de Nietzsche, qui a une valeur générale, et en quelque sorte

biologique, prend certain ridicule lorsqu'elle est
illustrée par l'aventure d'un petit jeune homme et
d'une petite femme. Et puis, après tout, on m'accor-
dera qu'il est tout à fait extraordinaire que ce petit
jeune homme n'éclate pas de rire, au moins une fois,
devant son miroir, en considérant la tête du monsieur qui fait souffrir les femmes. Mais quelque mal
que l'on ait à compatir à une douleur où le philosophe a plus de part que l'amant, il ne faut pas nier les
souffrances des intellectuels.

Madeleine et Félix traînet quelque temps encore
leur chaîne. Les nuances de ce crépuscule d'amour
sont rendues avec précision. Nulle n'est oubliée.
M. Benda note même la rancune de Félix, qui pourtant souhaitait la rupture, lorsque Madeleine, lasse
de souffrir, s'éloigne la première. Va-t-il la poursuivre? Non pas. Tout est fini. Il a triomphé de la pitié.
La lutte fut douloureuse, car il avait, il s'en porte
garant, un cœur tendre, mais il fallait que cette lutte
eût lieu, il fallait qu'il éprouvât la pitié pour avoir
le droit de la mépriser. Il a compris que la « pitié,
c'est la mort ». Devant cette vérité...

... il se cabra longtemps... Puis il y vint lentement, comme
un enfant qui monte à la condition d'homme, dans la gravité simple d'une ordination.

Le voici dans les rangs des forts, des vrais maîtres, de « ceux qui surent dompter leurs larmes pour comprendre leurs larmes ». Nous saisissons désormais le sens du livre, et pourtant nous en achevons seulement la première partie. Après l'ordination, la chute. Pour nous faire sentir la bassesse d'une esthétique invitant l'homme aux communions, aux effusions, au don de soi-même, M. Julien Benda n'a pas estimé suffisant de montrer son héros qui s'en dégage ; il a voulu encore nous le montrer qui y cède...

.*.

M. Julien Benda pense certainement atteindre au pathétique lorsque, dans la deuxième moitié du livre, il nous montre Félix hésitant entre le vice et la vertu, je veux dire entre l'Intelligence et l'Amour, puisque la philosophie, telle que la conçoit M. Julien Benda, aboutit à des majuscules. Mais je crains que le sentiment qui domine chez quiconque a lu la seconde partie de son livre ne soit celui du comique, mêlé de mélancolie. L'anecdote psychologique qui y est rapportée semble avoir été conçue par un adolescent perdu d'orgueil pour avoir étudié Kant un peu mieux que ses petits camarades. Nous trouvons là cette sorte d'hallucination intellectuelle, ce délire des idées que

M. Julien Benda semble tenir pour le véritable état de grâce philosophique et qui ressemble à cela à peu près comme ressemble à l'ivresse le vacillement de l'affamé.

Dix ans se sont écoulés depuis « l'ordination ». Félix s'est marié ; il a réalisé son « idée » du mariage. Son existence est fort bien réglée au service de la philosophie. Chaque soir, il se retire dans son poêle ; il y oublie complètement sa femme et son enfant ; il s'y sent à l'aise ; prêtre de la Spéculation idéologique, il y exerce son sacerdoce. Mais la vie proscrite, le sentiment dédaigné l'y viennent troubler. Sa fille est malade et la maladie est incurable. Alors, nous assistons à un drame qui a juste autant de réalité que ceux qui se déroulent sur la plupart de nos théâtres, un de ces conflits créés par un décret de la Providence des auteurs dramatiques, une bataille-fantôme, un duel entre deux moulins à vent. Les Catégories de l'Entendement, chevauchant les tomes poudreux de la *Raison pure,* partent en guerre contre les Données Immédiates. La lutte qui servait de thème à la première partie du livre paraissait déjà par instants un peu « truquée » et l'on devinait chez Félix un peu de goût morbide de la douleur, un peu de cette délectation morose dont parlent les théologiens. Ici, l'artifice est évident, et les qualités d'analyste de

M. Julien Benda s'exercent sur le vide ; son exaltation n'a plus d'objet ; son style, de plus en plus abstrait, devient de plus en plus pénible.

Félix souffre, mais surtout dans son orgueil de
nietzschéen. Et voici reparaître l'intellectuel. Ce qu'il
aperçoit, ce n'est pas sa fille malade, mais, à travers
sa fille, l'idée de la maladie, de la faiblesse, de l'humiliation. Quelle honte ! Il en vient à sentir comme les
gens qu'il méprisait tant, comme ceux qui croient
que la philosophie consiste à prendre un sentiment
de l'être aussi immédiat que possible, plutôt qu'à
« monter de son être à l'idée de son être ». Jadis, la
transformation de l'être en idée semblait un danger,
l'effet d'une maladie dont se plaignaient ceux qui en
étaient atteints. Les moralistes y discernaient une
conséquence de l'abus de l'analyse. Nous y reconnaissons plutôt le signe que l'analyse fut insuffisante.
Poussée jusqu'à son achèvement, elle n'eût point
laissé, dans le creuset, d'infécondes idées, mais un
fait de conscience. Pour Félix, un fait de conscience
n'a de valeur que réduit à une idée, c'est-à-dire dépouillé de son principe de vie. C'est dans l'opération
de l'esprit où s'accomplit le passage de ce fait à cette
idée que Félix goûte le souverain bien. Aussi lui
semble-t-il insupportable d'exister sans juger à toute
minute son existence.

Il se laisse aller à communier dans la douleur avec
sa femme, mais tout de suite le philosophe intellectualiste intervient, à qui l'idée de cette communion
est odieuse. Elle lui semble « peuple », et les intellectuels sont de fameux aristocrates. Félix rougit de
se confondre dans le troupeau qui « éprouve » les
mouvements du cœur sans songer à les « comprendre ». (Dans l'opposition de ces deux mots tient
toute sa philosophie). L'amour, « à quoi tout le
monde est bon », lui cause une horreur d'autant plus
vive qu'il se voit près d'y céder. Il en connaît toutes les émotions. Il s'effare, lui si fier de se sentir
unique, devant ce mystère d'un seul être en deux
personnes. Il va sombrer dans cet amour, auquel il
fait grief d'être d'une médiocre utilité pour l'avancement des sciences ; il y sombre à la fin. L'Etre a
triomphé du Connaître. Je pense que, dans l'occu-
rence, rien ne leur eût été plus facile que de s'accorder ; mais Félix ne l'entendait pas ainsi ; selon lui,
l'accord est impossible et, contre ceux qui pensent le
contraire, il se répand en invectives dont le ton, qui
est celui de la discussion politique, est irrésistible.
Nous sommes loin, on le voit, d'un conflit réel, vivant. Tout se passe entre des idées, dans l'abstrait,
chez les ombres.

Ici, une pensée viendra à l'esprit des personnes qui n'ont pas lu l'*Ordination:* sans doute se demanderont-elles, ce caractère de Félix, M. Benda l'a marqué en quelques traits ironiques? Hé! non. C'est mal connaître l'auteur de la *Philosophie de Bergson,* le prophète de l'Intelligence pure, que le croire capable d'exposer des idées avec ironie. Il n'y songe pas plus qu'il n'avait songé, au début, à tempérer par quelque souci de beauté sa soif d'exactitude psychologique. La poésie, l'ironie, sont les deux formes achevées du vrai. Ce sont les deux phases de son développement où l'art rend à la vie l'étincelle qu'il en a reçue. Poésie, ironie, hors de là, point d'art, sinon squelettique et prêt à tomber en poussière. M. Julien Benda se plaît parmi les squelettes. Il tambourine avec fureur sur la reliure de l'*Ethique,* et mène la danse macabre des idées. Non certes, il ne rit pas. Il est sérieux comme un prêtre, et même comme un mauvais prêtre, un mauvais prêtre n'ayant guère l'aimable humeur des bons. Il est grave. Il officie. Parlons net: il se solidarise avec son héros. Et il arrive ceci de curieux que l'ouvrage du disciple de Taine, de l'ennemi de Bergson, fournit la plus éclatante confirmation du diagnostic bergsonien.

En quoi consiste tout d'abord la méthode de M. Bergson? En une attitude de défiance à l'égard

des mots qui déforment la réalité. Or, que fait
M. Benda, quand il met en jeu et oppose les uns aux
autres, tout le long de son livre, l'Amour, la Pitié, la
Connaissance, la Communion, le Détachement philosophique, etc., sinon transformer des réalités en des
abstractions, en des mots ? Que fait son livre, que
dévoiler, malgré qu'il en ait, l'erreur des intellectua-
listes (j'emploie ce terme, parce qu'il faut en employer un) sur la vie ? De même que certains problèmes posés par la philosophie de l'Ecole s'évanouissent quand on remplace les signes quasi-algébriques
par les réalités que ces signes devaient traduire, et
ne faisaient que travestir, de même la vanité des conflits où se débat et s'essouffle le héros de M. Julien
Benda apparaît, quand on n'est point dupe de la phra-
séologie de l'auteur.

Conçoit-on, en effet, qu'un philosophe ayant quelque chose à dire sur un point de psychologie par
exemple (car en somme, la philosophie telle que l'entend M. Benda, « monter de l'être à l'idée de l'être »,
c'est très joli ; mais un Stendhal et beaucoup d'autres ont fait cette ascension ; et ils accordaient parfaitement en eux l'être et le connaître ; et pour réaliser cet accord, il ne faut qu'un peu de tempérament),
conçoit-on, dis-je, qu'un philosophe abandonne à
jamais toute spéculation parce qu'il aura « sombré »

dans l'amour, dans la communion? Est-ce ainsi que va la vie? Est-ce qu'elle n'est point balancement perpétuel, compositions et compensations, antinomies dont les termes se fondent l'un dans l'autre, nuances sans cesse modifiées, fluidité? Est-ce qu'il faut absolument s'enliser dans une des ornières de la route? N'y a-t-il pas dans la fureur de Félix à vouloir faire un choix définitif, à embrasser sans retour la cause de l'Amour ou celle de la Philosophie intellectualiste, un peu de la naïveté du primaire qui prétendrait résoudre tous les problèmes sociaux, parce qu'il vient d'apprendre les quatre règles? Il échouerait. M. Benda nous a prouvé de même par son livre, que la vie est difficile pour les intellectuels du genre de Félix. Je crains que la vie avec eux ne le soit encore davantage. Que reste-t-il d'un homme tombé vivant dans leurs mains? Il en sort plus dépouillé que l'homme de Platon, quand le cynique l'eut accommodé. Ce coq sans plumes conservait, du moins, les organes essentiels de la vie. L'homme de M. Julien Benda ratiocine à perdre haleine. Il n'a plus de cœur; il n'a plus d'entrailles, il n'a plus que ses « ergo ».

M. Remy de Gourmont
ou le classique malgré lui

Le dernier volume des *Promenades littéraires* (1),
de M. Rémy de Gourmont, contenait des attaques
violentes, quoique brèves, contre des doctrines et des
hommes que nous aimons. Les doctrines étaient souvent méconnaissables, et les hommes n'étaient jamais
nommés, mais on parvenait, sans grand effort, à iden-
tifier ceux-ci, à reconstituer celles-là. C'est la manière du chroniqueur charmant et profond des *Epi-
logues*, du styliste incomparable du *Songe d'une
femme:* l'allusion, le dédain. Nul n'abonde en affir-
mations délibérées comme cet écrivain sceptique. Les
traits qu'il lance enfoncent assez profondément leur
pointe pour qu'aucune oscillation n'agite l'autre
extrémité, et s'il veut insinuer le doute dans l'esprit

(1) Editions du Mercure de France.

du lecteur, il ne recourt pas à des atténuations, mais à des juxtapositions de vérités. La pensée de M. Remy de Gourmont forme le labyrinthe le plus compliqué où puisse s'aventurer un critique, mais c'est en disciple, il m'en souvient, que d'abord je tentai d'y pénétrer, en disciple très jeune, et que, par cela même, devaient séduire surtout les singularités de son maître. Rien ne vaut cette façon de se lover à l'intérieur d'une pensée, pour résoudre, en les adoptant, en les vivant, ses antinomies. Mais quel rapport fournir de ce temps d'expérience? Espérez-vous avoir le dernier mot de la critique sur un Barrès, sur un Gourmont, sur un France, tant qu'ils vivront ? La relation de l'homme à l'œuvre ne peut être décrite, sinon très discrètement.

Dirai-je, du moins, l'influence qu'exerça, selon moi, sur un écrivain aussi purement français que M. de Gourmont, la philosophie de Nietzsche, ou, plutôt, son esthétique de la vie? Jusqu'alors, on connaissait l'auteur de *Sixtine*, c'est-à-dire un désespéré ironique et sensuel ; niant le monde extérieur au profit de la réalité des mots, de leur couleur, de leur sonorité, de leur parfum ; assez ami de la religion, non pas de la foi, mais du dogme, pour ce qu'il a de mystérieux et d'irréductible à la raison du vulgaire ; enclin à admirer les formes les plus récentes de l'art, en considération de l'effarement qu'elles causent au philistin; bref, un homme tombant à chaque pas dans le péché d'orgueil, et complaisant à sa tristesse. Survient Nietzsche. Il célèbre la vie, la force, la santé. Mais c'est par ses mépris autant que par son lyrisme qu'il plaît à notre grand dédaigneux. L'attitude de Nietzsche immobilise un second mouvement, une réaction, une contraction. Elle lui a été suggérée par des aspirations qui, chez lui, combattent le tempérament originel, qui est d'un malade; et, grâce à son génie, il parvient à l'imposer comme l'attitude la plus belle et la plus noble, même à l'esprit du décadent que pouvait paraître le premier Gourmont. Un malade de Weimar avait donné au monde l'évangile de la force. C'est un disciple intellectuel de Flaubert et de Villiers de l'Isle-Adam qui va ressusciter chez nous, parmi les métaphysiques symbolistes, la claire sagesse d'Epicure; c'est un ami de l'auteur d'*A rebours* qui va chanter la joie de vivre en conformité avec les lois de l'univers.

De telles métamorphoses ne s'accomplissent qu'à la surface. Je ne crois pas à la gaîté de M. Remy de Gourmont. Ses hymnes à la vie, à l'instinct, sont beaux et émouvants. Il leur manque la spontanéité, et j'y admire surtout le bulletin d'une victoire qu'il remporta sur soi-même. On dirait qu'il s'est recréé

volontairement une nature, et sans doute y eut-il
moins de peine qu'un autre, ayant gardé d'une longue formation terrienne, catholique et française, le
bienfait d'une raison nette et saine ; mais ne nous
a-t-il pas appris à considérer en toute chose le primat
de la sensibilité ? La sienne fut pessimiste et romantique, et il ne se dégagera pas de ce romantisme et
de ce pessimisme. Sa pensée en conserve l'empreinte,
et aussi sa sensualité, qu'il souhaiterait purement
païnne. Aux points opposés de son évolution, on retrouverait les mêmes idées fondamentales, comme
les mêmes accords aux extrémités du clavier. La
vérité, a-t-il écrit, c'est le doute, tempéré par le mépris. Qu'importe que ce mépris, jadis refrogné,
s'adoucisse maintenant, s'atténue en un conseil débon-
naire, en une invitation à goûter, d'un cœur satisfait,
les petites joies de la vie ? Remy de Gourmont, qui
tient si fort à sa liberté, reste pour jamais l'esclave
des modes de sentir qui, au temps de sa jeunesse,
étaient répandus dans l'air, et dont il a nourri son
cœur. Ceux qui eurent besoin de Nietzsche pour surmonter le pessimisme ressentent toujours, de ce rude
traitement, un malaise. Je les imagine se formant,
chaque matin nouveau, une nouvelle raison de vivre,
un de ces profitables mensonges où leur philosophe
voyait la condition de la vie, et dont ils n'ignorent

pas le caractère illusoire. C'est une entreprise courageuse, mais écrasante. Elle ne saurait être menée à bien dans la sérénité. C'est pourquoi, qu'elles exaltent, comme jadis, le mysticisme, ou qu'elles se réclament, comme maintenant, d'un positivisme panthéiste, les idées de M. Remy de Gourmont se présentent toujours d'un air agressif, sous une armure de mots qui sont autant de pointes. « Nous n'avons rien à attendre que de nous-mêmes, dit-il, et nous devons vivre en conformité avec les lois de la nature... C'est la seule philosophie. » N'allez pas en proposer une autre à ce singulier sceptique : il tient d'autant plus fortement à celle qu'il a adoptée que son adhésion fut plus gratuite et plus contingente. Une conviction où s'épanouirait tout son être, et non plus seulement une part de lui-même, eût engendré un peu de calme, un peu de paix. Mais presque toujours Gourmont philosophe contre quelqu'un. Il s'adresse au contradicteur possible qui est tout près de lui, en lui peut-être. Tant que l'on devinera, sous ses phrases, le dialogue muet dont elles sont issues, il n'y aura pas lieu de trop s'inquiéter de ses propositions les plus étranges. On se dira qu'en ces moments sa raison, merveilleusement lucide, n'a pu triompher du tempérament, d'un simple mouvement d'humeur, du dépit causé par une ombre importune, du désir d'étonner...

Si M. de Gourmont écrit:

Le symbolisme se rattache au romantisme, dont il découle, d'ailleurs, directement, ainsi que toute littérature digne de ce nom. La renaissance classique est une amère supercherie sous laquelle se cache l'impuissance du style, lequel est bien près d'être tout, car les idées, dépourvues du vêtement qui les pare, les redresse et les embellit, ne seront jamais que des pauvresses. On les ramasse à la pelle le long des rues, et elles encombrent les asiles de nuit de la littérature. Ce qui marque un écrivain, c'est qu'il sait écrire, vérité trop élémentaire! Retournez-vous cependant, et regardez la perspective littéraire: ceux-là seuls ont laissé une trace qui surent écrire. Je ne crois pas que cela soit pour autre chose que le style qu'on lise les sermons de Bossuet et qu'on impose encore aux enfants sa chimérique *Histoire universelle*. Et n'est-ce pas le style encore qui nous permet d'admirer la *Tentation de saint Antoine* et de nous y plaire?

Si M. de Gourmont écrit ces choses, qui ne paraissent audacieuses que parce qu'elles sont des truismes tronqués, nous ne devons pas oublier qu'en maints ouvrages, il a indiqué l'identité profonde de la pensée et du style. Si, en faveur du romantisme, et pour en faire découler « toute littérature digne de ce nom », il formule un non-sens, tournons quelques feuillets: nous le verrons noter, à propos de la littérature la plus récente, que « le style simple et précis, loin de l'éloquence romantique, est, après des tâtonnements, des essais d'une fantaisie excessive, redevenu ce qui plait davantage, ce qui décèle un écrivain ». Plus loin, nous élèverons-nous contre ce paragraphe :

J'écris pour ceux qui savent que la perfection n'est qu'une des qualités de l'œuvre d'art et qu'il y a une qualité supérieure à la perfection même et que c'est la vie. La perfection peut être considérée comme un arrêt dans l'évolution des formes. La chair est devenue marbre, et c'est la fin. De la poétique de Racine, rien ne pouvait sortir et rien n'est sorti. Racine est le marbre parfait et stérile. De l'imparfaite poétique de Victor Hugo, tout pouvait naître et tout est né : Hugo, c'est de la matière vivante, c'est la fécondité indéfinie...

Nous indignerons-nous ? Remarquons seulement que, pour prouver que vie et perfection s'excluent, le maître en l'art de dissocier les idées se laisse duper ici par une analogie, bien moins, par une métaphore : « la chair est devenue marbre... » Si l'on cédait au goût de la contradiction, on répondrait à M. Remy de Gourmont : de l'imparfaite poétique d'un Hugo, rien n'a pu naître et rien ne naquit en effet. Seule la perfection est féconde, puisqu'elle bafoue les imitateurs, puisqu'elle anéantit les larves. La statue de marbre parle et dit à l'apprenti : « Ne t'avise pas d'ajouter un atome à la matière dont je suis faite. Va le porter ailleurs. Cependant, en travaillant, ne cesse pas de me regarder, non pour chercher dans les fornies de mon corps un modèle, mais pour trouver, dans leur harmonie, le secret d'une méthode éternelle. »

Mais revenons, un instant, sur l'inconséquence de M. de Gourmont, qui, préférant « la vie » à la « perfection », réserve les plus chaudes, les plus excessives louanges que contienne son livre, à quel auteur, à quel ouvrage? A Flaubert, à *Bouvard et Fécuchet*! Impossible de mieux distinguer qu'à cette occasion les contrariétés d'un homme dont la volonté modifia la nature, mais chez qui la nature prend de brusques revanches. Préférer « la vie » à « la perfection », et célébrer comme un des plus grands livres du siècle ce *Bouvard et Pécuchet* qui proclame le néant de l'action, le néant du sentiment, le néant de la pensée! Quelle lumière sur une âme! M. de Gourmont l'a éprouvé, ce goût de néant qu'un tel livre porte au cœur. C'est même la raison de sa prédilection. Il y voit le livre par excellence, « le livre pour les forts ». Tristesse, orgueil, orgueil de la tristesse, nous n'en sortirons pas, et M. de Gourmont non plus. Tout cela, pour n'avoir pas voulu reconnaître que l'antinomie de « la perfection » et de « la vie » est purement conventionnelle, comme toutes les antinomies, d'ailleurs.

Heureusement, à côté des paradoxes et des sophismes de l'amour-propre, l'œuvre de M. Remy de

Gourmont nous fournit une vérification des principes qu'il combat, et nous propose un exemple.

Une vérification : quand M. de Gourmont a-t-il le
mieux satisfait, dans ses œuvres personnelles, à son
penchant pour la tristesse, à son humeur orgueilleuse ? Quand a-t-il cédé à son amour du mot pour
lui-même, à son goût des prouesses du style ? Il faudrait citer ici le titre de volumes qui témoignent
d'une étonnante virtuosité, mais qui, marqués, jeunes
encore, des signes de la décrépitude, n'intéressent
plus guère que les bibliophiles ou les plus minutieux
amateurs de littératures d'exception. Jamais pourtant l'esthétique du style par dessus tout, du style,
vêtement de l'idée plus important que l'idée elle-
même, n'avait été appliquée de façon si résolue, et
avec autant de talent. Elle était donc fausse ? Voilà
la vérification.

Et voici l'exemple. Il nous montre à quelle beauté
peuvent atteindre les jeux mêlés des idées et du style.
Le démon qui incite quelquefois M. de Gourmont à
émettre des opinions inquiétantes fut toujours sans
prise sur ses facultés d'écrivain. M. de Gourmont
traversa le symbolisme, il en fut le philosophe et le
critique ; il vient de se faire, dans son dernier volume,
le pieux gardien de ce cabinet des antiques. Je pense
que des amitiés de jeunesse expliqueraient son inex-

plicable indulgence pour l'art de certains pontifes de
l'école. Mais s'il justifie leur façon d'écrire, il se
garda toujours d'écrire comme eux. Même dans les
minces plaquettes où il s'adonnait aux amusements
verbaux, un sûr instinct soutenait cet arrière-petit-
neveu de Malherbe, un sens infaillible des possibilités
et des impossibilités de la langue française. Il lui
avait fallu le breuvage nietzschéen pour y puiser la
force de surmonter, au moins théoriquement, le
dégoût de vivre ; mais pour conserver intact l'instrument de sa pensée, il n'eut besoin d'aucun secours.
Français au milieu des barbares qui encombraient les
chapelles symbolistes, extrêmement cultivé parmi
force ignorants, l'atavisme en lui s'accordait avec la
raison pour tempérer, annihiler les suggestions d'une
sensibilité tout imprégnée des vapeurs du siècle. Le
miracle de son œuvre, c'est que le sentiment, que l'on
y devine souvent morbide, n'ait jamais corrompu
l'expression. Sa leçon, c'est que tout sentiment, s'il
est cultivé selon une bonne méthode, peut perdre son
venin et croître en dignité. Cette méthode, ce lucide
regard intellectuel porté sur toutes choses, c'est la
méthode classique. Peu nous importe après cela que
M. de Gourmont, pour taquiner Maurras ou Las-
serre, et dénaturant le sens qu'ils donnent au mot,
décrète que le classicisme est un masque de l'impuis-

sance. Que fait un paradoxe, quand celui qui l'émet nous offre un exemple qui le contredit ? Le sophiste en faisant un pas vient de réfuter sa propre démonstration et prouve que le mouvement existe. M. Remy de Gourmont, c'est le classique malgré lui.

Cette méthode heureuse, qu'il applique spontanément, ne l'empêche pas de donner de temps à autre dans l'erreur ; mais alors, elle nous permet de discerner assez tôt cette erreur, et d'en tirer quelques renseignements sur la psychologie de M. de Gourmont lui-même. On n'examine pas sans profit les démarches d'un tel esprit. Quand il se trompe, il nous instruit encore. Enfin, ici, c'est l'homme qui nous intéresse autant et plus que ce qu'il dit, c'est le reflet, sur les pages, de son âme travaillée, amoureuse tout ensemble de complications et d'ingénuité. Et nous sommes un peu intimidés de pressentir que cet écrivain, s'il publie des erreurs, le sait et, sans doute, en jouit, étant pervers.

FIN

TABLE DES MATIERES

IMP. MICHEL - SAINT-AMOUR